KB038314

미워하지 않는 연습

미워하지 않는 연습

초판 1쇄 인쇄 2019년 3월 27일
초판 1쇄 발행 2019년 4월 3일

지은이 조호준
책임편집 조혜정
디자인 그별
펴낸이 남기성

펴낸곳 주식회사 자화상
인쇄,제작 데이타링크
출판사등록 신고번호 제 2016-000312호
주소 서울특별시 마포구 월드컵북로 400, 2층 201호
대표전화 (070) 7555-9653
이메일 sung0278@naver.com

ISBN 979-11-89413-53-8 03810

이 도서의 국립중앙도서관 출판예정도서목록(CIP)은 서지정보유통지원시스템 홈페이지
(http://seoji.nl.go.kr)와 국가자료공동목록시스템(http://www.nl.go.kr/kolisnet)에서
이용하실 수 있습니다.(CIP제어번호: CIP 2019011411)

미워하지 않는 연습

조호준 지음

자화
상

가끔은
지자

    얼마 전 인터넷에서 공감 가는 글을 봤다. 가수 아이
유 씨의 팬카페의 글이다. 팬이 "언니는 힘들 때 어떻게
이겨내나요?"라고 질문하자. 그녀는 "가끔 져요."라고 댓
글을 달았다.

    '슬픔을 이겨내자'처럼 우리는 보통 이겨내려고만 한
다. 심지어 영화에 나오는 주인공들도 한 번씩은 지는
데. 그녀의 말처럼 가끔은 질 줄도 알아야 한다. 힘든 일
이 생기면 넘어져서 실컷 울고 충분히 슬퍼해도 좋다.
심지어 울고 나면 답답한 마음이 조금은 풀린다.

스트레스를 받으면 카테콜아민이라는 호르몬이 분비된다. 흐르는 눈물 속에는 카테콜아민이 섞여서 배출돼 몸과 마음에 도움이 된다고 한다. 과학적으로도 근거가 있다.

이겨내려고만 하면 졌을 때 상실감이 크다. 넘어졌을 때 섣불리 다시 일어나려고 하면 얼마 못 가 다시 넘어져서 전보다 크게 다칠 위험이 있다. 한동안 다시 일어나지 못할지도 모른다. 가끔은 지자. 아니 져주자. 나를 힘들게 하는 것들에게. 슬픔에 젖게 만들어 녹여버리자.

조호준

차례

1장 사람은 쉽게 변하지 않고 나도 마찬가지다.
그런 나를 인정해주기 시작했다

4장

내 자존감을 깎아먹는 것들, 모두 거절할게요

5장 당신과 나 사이, 관계가 가장 어렵죠

6장 행복해질 수 있습니다. 바로 지금, 이 순간부터

위로의 힘은
그저 임시방편

나는 자존감이 떨어질 때마다 위로가 되어줄 무언가를 찾아다녔다. 친구들에게 하소연도 해보고 술에 취해도 보고 취미도 배웠다. 좋아하는 제주도나 부산에 무작정 찾아가서 몇 시간 동안 바다 앞에 앉아 있기도 했다.

그중에서도 제일 많이 찾았던 곳은 서점이다. 그곳에는 힐링, 위로라고 적힌 책이 많이 있으니까. 무언가에 홀린 듯이 사서 읽어보면 대부분 "나는 끝까지 네 편이고 너는 다 괜찮다."라고 말한다. 상처 주는 사람뿐인 현실에 정말이지 단비 같은 존재다. 그래서 힘든 일이 있을 때면 주말마다 서점을 찾았다. 시간이 지나서야 알게 됐지만 오히려 이 행동 때문에 자존감을 되찾기까지가 오래 걸렸다.

왜일까? 분명 위로해주는 책을 읽으면 위안이 되고 기분이 한결 나아졌다. 내가 효과를 봤다. 맞다, 효과가 있다. 다만 문제는 읽을 때뿐이라는 사실이다. 만약 목감기에 걸렸다고 치자. 목에 생긴 염증을 치료해야 하는데 치료약 대신 진통제만 먹는 꼴이다. 약을 먹고 잠깐 통증이 사라지면 병이 다 나았다고 착각하며 밖에 나간다. 다시 찬바람을 쐬어 도리어 약을 먹기 전보다 증세가 심해진다.

그렇게 지냈다. 잠깐의 위로에 자존감이 회복됐다고 믿었고 다시 평소처럼 행동했다. 원인이나 대비책을 모르니 비슷한 일에 또 상처를 받았고 크기는 더욱 커져만 갔다. 친구들에게 받는 위로도 마찬가지다. 술자리에서 만나 하소연을 하고 따뜻한 말을 들을 때. 잠깐은 나아지지만 그것 또한 치료약은 아니다.

너무 아플 때는 1차적으로 진통제를 쓰는 게 맞다. 하지만 이는 근본적인 치료약이 아니며 오히려 내성을 키울 수 있다. 위로는 잠시나마 기분은 나아지게 할 수 있지만 정작 자존감에는 효과가 없다.

나의 경험이 나와 비슷한 상황을 겪는 사람들에게 힘이 되길 바란다. 이 책이 오늘도 '자존감 올리는 책'을 찾아다니는 자존감 유목민들에게 안락한 정착지가 되길 바라며.

1

사람은 쉽게 변하지 않고
나도 마찬가지다.
그런 나를 인정해주기 시작했다

'어쩔 수 없지 뭐 이미 그런 걸 어떡해?'
완전히 받아들이기까지는 시간이 걸렸지만 결국
해냈다. 단점이라고 생각했던 두 가지는 점점 별거
아닌 일이 됐다. 동시에 자존감도 조금씩 올랐다.

내가 원래
이런 사람인데 뭐

탈모나 여드름은 남의 이야기인 줄만 알았다. 어릴 때부터 워낙 피부도 좋았고 머리숱도 빽빽했기 때문이다. 그런데 갑자기 스물세 살부터 볼에 여드름이 나고 이마가 점점 뒤로 밀리기 시작했다. 남 이야기가 아니라 내 이야기였다.

둘 다 완치할 방법은 없다. 그저 피부과에 다니면서 약을 먹고 관리를 받는다. 더 이상 나빠지지 않도록. 병원에 가도 유전이나 스트레스성 같다는 말만 되풀이할 뿐 원인을 알 수 없다. 사실상 불치병인 셈이다. 더욱이 공교롭게도 미용 목적이라며 의료보험이 되지 않아 비용이 비싸다.

그 당시 나는 그럴만한 돈이 없었다. 상대적으로 저렴한 화장품이나 샴푸, 민간요법 같은 방법을 시도해봤지만 소용없었다. 갈수록 더 심해지더라. 지금은 양쪽 볼에 수십 개의 흉터가 남았고 이마와 정수리는 누가 봐도 듬성듬성해졌다.

덕분에 여드름과 탈모가 정점을 찍었던 20대 중반은 항상 우울했다. 더욱이 장점이라고 생각했던 두 가지가 단점으로 바뀌었으니 자존감이 남아나질 않았다.

오랜만에 만난 친구들은 "너 갑자기 피부가 왜 그래?"라며 놀랐다. 그런 관심조차 나에겐 스트레스였다. 바깥을 다니면 다들 나를 쳐다보는 기분이 들어 집에만 있었다. 외모 콤플렉스 때문에 삶을 포기하는 사람의 심정을 이해할 수 있었다. 거울을 볼 때마다 현실을 인정하고 싶지 않았다. 예전의 피부와 머리카락을 생각하며 조금만 지나면 다시금 좋아질 거라고 믿었다.

그런데 그렇게 매년 낮아지던 자존감이 반등할 수 있는 계기가 있었다. 인터넷을 하다가 우연히 본 영화배우 하정우 씨의 인터뷰 때문이다. 그는 영화에서 피부를 CG로 처리할 만큼 신경을 쓴다고 알려져 있다. 리포터가 콤플렉스가 있냐고 묻자.

"없어요. 그냥 뭐 얼굴이 크다 그러면, 그래 나 얼굴 큰데 큰 대로 살아야지 뭐 어떡하니. 해골을 깎겠니 그걸? 피부가 드럽다 그러면, 그래 나 드럽다, 레이저 할 거다. 그러는 거죠."라고 답했다.

생각이 많아졌다. 남에게 얼굴을 보이는 영화배우가 "그래 나중에 레이저 하면 되지."라고 생각하는데 내가 이렇게까지 우울해야 하나 싶더라. 그때부터는 그냥 인정했다. '그래 난 피부가 좋지 않아 탈모도 있어.' '어쩔 수 없지 뭐 이미 그런 걸 어떡해?' 완전히 받아들이까지는 시간이 걸렸지만 결국 해냈다.

단점이라고 생각했던 두 가지는 점점 별거 아닌 일이 됐다. 동시에 자존감도 조금씩 올랐다. 지금도 여전히 여드름과 탈모가 있다. 하지만 이제는 걱정하듯 내 피부를 이야기하는 친구들에게 웃으면서 이야기한다.

"맞아 나 여드름, 탈모 있어. 그런데 걱정하지 마. 나중에 레이저 맞고 머리 심으면 돼."

건강이 나빠지니 매사에 자신감이 떨어진다.
'몸도 성치 못한 내가 이걸 할 수 있을까?'
라는 브레이크가 나를 자꾸 멈춘다.
살면서 자존감을 단번에 최대치로 낮춘 일이다.
일단은 건강부터 잘 챙겨야 한다.
몸 건강이 나빠지면 마음 건강까지 무너지니까.

단단한 몸에서
단단한 마음이

스물세 살 아르바이트를 하던 때의 일이다. 어느 날 기침이 나고 가래가 끓어 자주 가던 집 앞 병원에 갔다. 의사는 편도염이라고 진단하며 약을 처방해줬다. 먹고 나니 기침이 조금 잠잠해졌다. 그런데 약을 다 먹고 일주일이 지나자 다시 심해지더라. 증상은 한 달이 지나도 없어지지 않았고 심한 열과 가슴 통증, 체중 감소를 동반했다.

다시 전에 갔던 병원에 가서 두 차례 진찰을 받았다. 이번엔 후두염이라면서 약을 줬다. 약을 꾸준히 먹었지만 먹을 때만 잠시 괜찮아질 뿐 차도가 없었다. 하지만 단순 후두염이라는 의사 말을 믿고 버텼다. 중간에 며칠씩 누워 있기도 했다. 다행히 한 달 후 모든 증상이 없어졌다.

그로부터 몇 년 후 깨진 유리에 손가락 인대가 끊어진 적이 있다. 수술 전 검사를 위해서 흉부 엑스레이를 찍었다. 사진을 본 의사가 놀라면서 말했다.

"혹시 몇 년 전에 폐렴이나 결핵을 앓은 적이 있으세요?"

"네? 저는 처음 듣는데요?"

"이렇게 큰 흔적이 남은 걸로 봐서 죽을 만큼 아팠을 텐데요?"

불현듯 스물세 살 때 일이 떠올랐다. 맞다. 나는 그때 편도염이나 후두염이 아니라 폐결핵을 앓은 것이다. 의사의 오진으로 치료제인 항결핵제를 한 번도 먹지 못한 탓에 폐의 절반 이상이 손상됐고 합병증으로 기관지 확장증이라는 병까지 덤으로 얻었다. 그나마 위안 삼을 건 죽지 않았다는 사실이다. 치사율이 꽤 높은 편인데도 제대로 된 치료 없이 버텨냈다.

내세울 건 건강밖에 없다고 생각했었다. 이제는 그마저도 없어졌다. 이력서 지병을 적는 칸에도 항상 적어야 할 병이 생겼다. 미세먼지가 있는 날에는 수시로 가슴이 아프고 쉽게 피로해진다. 가래에 피가 섞여 나오기도 한다. 건강이 나빠지니 매사에 자신감이 떨어진다. '몸도 성치 못한 내가 이걸 할 수 있을까?'라는 브레이크가 나를 자꾸 멈춘다.

살면서 자존감을 단번에 최대치로 낮춘 일이다. 일단은 건강부터 잘 챙겨야 한다. 몸 건강이 나빠지면 마음 건강까지 무너지니까. 한번 나빠지면 되돌릴 수도 없으니까. 건강관리에 지나치다거나 이르다는 말은 없으니까.

자존감은 일정하게 올라가거나 내려가지 않는다.
상황에 따라서 급격히 오르거나 낮아지기도 하고
유지되기도 한다. 살다 보면 자의보다 타의에 의해
바뀌는 경우도 많다. 그러니 지금 당장 자존감이
낮다고 우울해할 필요 없다. 그저 들판 위 갈대처럼
바람에 몸을 맡겨 꺾이지만 않으면 된다.

내려가면 올라가고
올라가면 내려가기도
하는 것

　서른. 지금까지 나의 자존감을 그래프로 그려보면 무
척 복잡한 모양이다. 어릴 때 우리 집은 꽤 잘 살았다.
내가 유치원을 다닐 때 직장을 관두고 자영업을 시작한
아버지는 그 당시 돈으로 하루에 100만 원을 벌었다고
한다. 물론 그때도 부모님은 서로 물건을 집어던지며 심
하게 싸웠다. 하지만 적어도 생활이 부족하다고 느낀 적
은 없다.
　그러나 여느 가정이 그렇듯 오래가지는 못했다. 갑자
기 많아진 돈으로 도박을 하다가 전 재산을 탕진하고 사
업은 망했다. 재기하겠다며 빚을 내 시작한 사업도 연거

푸 실패했다. 그 결과 남은 건 5억 원 정도의 빚. 초등학교 3학년부터는 집에 빨간딱지가 자주 붙었다.

그 당시 나는 채무자가 집에 찾아올까봐 항상 긴장 상태였다. 초인종 소리에도 깜짝깜짝 놀랐다. 덕분에 자신감은 떨어지고 내성적인 아이가 됐다. 그렇게 무너진 자존감은 오랫동안 오르지 못했다. 그 이후로 아버지는 경제활동을 하지 않고 세월만 보냈다. 나는 불우한 가정에서 자랐다. 그나마 고등학생 때는 동아리 활동을 하며 여러 친구들과 어울린 덕분에 조금은 자신감이 붙었다.

성인이 되고 어머니는 나와 동생 때문에 미뤘던 이혼을 했다. 부모로서 자식을 책임지지 않는 아버지와 같이 살지 않으니 자존감이 되레 올라갔다. 오래 다니지 않았지만 대학 생활은 재밌었다. 성격이 조금 활발해지더라. 다만 비싼 등록금에 비해 얻을 게 많지 않다고 생각했고 군에 입대했다.

지금 생각하면 '대체 2년 동안 무얼 했나?' 싶지만 군 생활은 나름 재밌었다. 또 체력적인 한계를 시험하며 몸을 단련해서인지 자신감도 높아졌다. 전역 후에는 일을 많이 했다. 막노동, 카페, 호프집 등 닥치는 대로 했다. 나름 윗사람들에게 예쁨도 받았고 자존감도 올라갔다.

하지만 스물셋의 의료사고, 스물다섯 여드름 탈모로 인생 자존감 최저점을 찍었다. 인생의 암흑기라고 해도 과언이 아니다. 그러다가 스물여섯에 모아둔 돈으로 친구와 이자카야 창업을 한다. 돈도 잘 벌었고 스스로 해냈다는 성취감에 자존감 최고점을 찍었다.

다만 가게 특성상 저녁에 출근해 새벽까지 일하며 밤을 새야 했다. 쉬는 날도 없었다. 내가 생각했던 사업과는 달라서일까. 경제적으로는 부족함이 없었지만 자존감은 점점 낮아졌다. 결국 친구에게 모든 지분을 넘기고 두 번째 사업을 시작했다.

이번에는 낮에 일하고 주말에는 쉴 수 있으며 많은 사람에게 팔 수 있는 쇼핑몰을 시작했다. 그러나 시큰둥한 소비자의 반응과 나의 능력 부족으로 빚이 생겼고 결국 신용불량자가 됐다. 자존감이 다시 낮아졌다.

이처럼 자존감은 일정하게 올라가거나 내려가지 않는다. 상황에 따라서 급격히 오르거나 낮아지기도 하고 유지되기도 한다. 살다 보면 자의보다 타의에 의해 바뀌는 경우도 많다. 그러니 지금 당장 자존감이 낮다고 우울해할 필요 없다. 그저 들판 위 갈대처럼 바람에 몸을 맡겨 꺾이지만 않으면 된다.

자존감은 롤러코스터 같다. 언제든 다시 높이고
균형을 맞추겠다는 의지를 가지고 노력하다 보면
언젠가 기회는 온다.

자존감
자존심
자신감

한국 사회는 연일 갑질이 화제다. 회장 일가처럼 권력을 가진 사람이 자신보다 직급이 낮은 사람을 함부로 대하는 일이 빈번하게 일어나고 있다. 그들은 폭언과 폭력을 휘두르며 마치 법 위에 있는 사람처럼 행동한다. 흔히 '저렇게 돈 많고 지위 높은 사람은 자존감도 높고 자신감이 충만하며 자존심도 세지 않을까?'라고 생각하지만 틀렸다. 비슷하게 생겼지만 셋은 조금씩 다르다.

자존감은 다른 말로 '자아존중감'이라고 한다. 자존심과 비슷해 보이지만 자존감은 스스로를 사랑하는 정도라고 보면 쉽다. 그래서 낮으면 낮을수록 자신보다 남에게 관심을 갖는다.

자존심은 남에게 인정받고 싶은 마음이다. 자존감이 낮은 사람은 남에게 집착한다. 그러다 보니 자존심이 세다. 자존감과는 반비례라고 보면 된다. 이기적이며 스스로가 잘못됐다는 것도 인정하지 않는다. 갑질하는 권력자들이 대표적인 사례다. 높은 자존감을 가지고 있는 사람은 잘못을 쉽게 인정하고 받아들이며 다른 사람을 배려할 줄 안다.

자신감은 자존감과 비슷하다. 작은 일이라도 '해낼 수 있다'라는 자신감이 생기면 자존감이 올라간다. 반대로 자존감이 내려가면 자신감도 같이 없어진다. 그런데 오히려 자신감이 너무 강해서 자존감을 내리기도 한다. 자신감에 가득 차 모든 일이 자기 뜻대로 이뤄지길 바란다. 조금이라도 틀어지는 일이 생기면 자존감은 급격히 낮아지고 돌발 행동을 한다.

물론 세 가지가 적절한 조화를 이루는 게 최고다. 하지만 실제로는 그렇지 못할 가능성이 높다. 말이 쉽지

자존감 하나로도 벅차니까. 그래도 앞에서 이야기했듯
자존감은 롤러코스터 같다. 언제든 다시 높이고 균형을
맞추겠다는 의지를 가지고 노력하다 보면 언젠가 기회
는 온다.

높고 낮음을 수없이 경험했다. 물론 굳이 높이지
않아도 인생을 사는 데 있어서 큰 지장은 없을지도
모른다. 하지만 동가홍상, 다다익선이다. 어차피 한
번 사는 인생 조금 더 활기차게 보내는 게 낫지 않을까.

자존감
꼭 높여야 돼?

 사실 몇 년 전까지만 해도 자존감이 뭔지 몰랐다. 친
구들이 이야기하면 "그걸 꼭 올려야 해?" "그렇게 중요
한 거야?"라고 되물었다. 어떤 사람은 "자존감이 낮든
높든 개인의 개성이니까 그냥 존중해야 돼."라고 말하기
도 한다. 뭐 딱히 틀린 말은 아니다. 자주 낮아지면서 다
시 올리기는 힘드니까. 아예 포기하는 사람도 있다. 내
가 생각하기에 높여야 하는 이유 몇 가지를 소개한다.

첫 번째 나 때문에 사랑하는 사람들이 힘들어진다. 갑자기 피부에 여드름이 나서 자존감이 낮아졌을 때 1년여 집밖에 거의 나가지 않았다. 매일 보는 건 가족뿐이었다. 자존감이 낮아질 대로 낮아진 나는 조그만 일에도 짜증내기 일쑤였다. 그 화살은 가족을 향했고 그들의 마음을 멍들게 했다. 친구들은 물론 연애에서도 마찬가지였다. 자신감이 없으니 항상 매달렸다. 소중한 사람들이 나 때문에 아파할 수 있다. 자존감을 올려야 할 첫 번째 이유다.

두 번째 마음이 가난해진다. 나는 20대 중반까지만 해도 '마음도 가난한 사람'이었다. 불우한 가정환경으로 몸이 가난했다. 건강하지 못한 상황이 오래 지속되다 보니 어느새 마음까지 가난해졌다. 남을 인정하거나 칭찬하지 않았다. 열심히 노력해서 대기업에 취업한 친구도 '대기업은 정년을 채우기 힘들지.' 같은 찌질한 생각으로 부러움을 대신했다. 남을 험담하기 좋아했고 매사에 비관적이었다. 이 사실을 자각하고 고치는 데 오랜 시간이 걸렸다.

세 번째 인간관계가 좁아진다. 첫 번째와 두 번째의 결과다. 주변 사람들이 점점 나를 떠난다. 짜증내고 비관적이며 헐뜯는 걸 좋아하는 사람 곁에 누가 있고 싶겠는가. 당연한 이치다. 인간은 혼자 살 수 없다. 좋든 싫든 여러 사람과 소통하며 살아야 한다. 얼마 전 외로움은 매일 열다섯 개비 담배를 피우는 일만큼 위험하다는 기사를 봤다. 지금이라도 자존감을 높여야 할 이유다.

마지막으로 의기소침한 사람이 된다. 앞에서도 말했듯 자존감이 낮으면 대게 자신감도 없다. 이런 사람은 선택하는 걸 어려워한다. 큰 선택은 둘째치고 당장 점심 메뉴도 고르기 힘들다. 그러다 보면 작은 일도 시작하기 어려워지고 누가 봐도 의기소침한 사람이 된다.

높고 낮음을 수없이 경험했다. 물론 굳이 높이지 않아도 인생을 사는 데 있어서 큰 지장은 없을지도 모른다. 하지만 동가홍상, 다다익선이다. 어차피 한 번 사는 인생 조금 더 활기차게 보내는 게 낫지 않을까.

봄이 오기 전까지 길고 추운 겨울을 견뎌야 한다.
만약 지금 힘든 현실을 마주하고 있다면 조바심을
내기보다 이렇게 생각하자.
지금 우리는 한겨울에 있다고
조금 웅크리고 있다 보면
언젠가 따뜻한 봄을 맞이할 거라고.

봄이 있다면
겨울도 있다

　과연 봄을 싫어하는 사람이 있을까? 나는 아직 보지 못했다. 호불호가 갈리는 계절은 여름과 겨울이지 봄은 누구든 좋아한다. 그도 그럴 수밖에 없는 게 혹한의 겨울을 지나 포근한 날씨가 된다. 개나리, 벚꽃처럼 예쁜 꽃도 핀다. 입학이나 졸업으로 새로운 환경이 펼쳐지기도 한다. 여러모로 설렐 수밖에 없다. 나 또한 계절 중 봄을 가장 좋아한다.

　봄은 인생에도 있다. 누구나 살면서 '인생의 봄'이 오기를 손꼽아 기다린다. 나 역시도 그 순간을 고대해왔다. 순탄치 못한 20대를 보내고 서른쯤부터는 꿈같은 날

이 올 거라고 믿었다. 하지만 서른이 된 지금. 여전히 의식주를 걱정하며 살고 있다.

이쯤 되면 슬슬 의심이 들기 시작한다. '정말 나에게도 좋은 시절이 올까?' '나에게는 오지 않는 게 아닐까?' 이런 생각을 하다 보면 열정 있게 하던 일도 점점 재미없어진다. '희망'이라는 연료가 고갈되기 때문이다.

그러나 우리가 미처 생각하지 못한 게 있다. 계절은 사계절이다. 봄이 있다면 겨울도 있다는 사실. 심지어 요즘엔 퍽퍽해진 우리네 삶처럼 지구도 온난화로 여름, 겨울이 늘어나는 추세다.

봄이 오기 전까지 길고 추운 겨울을 견뎌야 한다. 만약 지금 힘든 현실을 마주하고 있다면 조바심을 내기보다 이렇게 생각하자. 지금 우리는 한겨울에 있다고 조금 웅크리고 있다 보면 언젠가 따뜻한 봄을 맞이할 거라고.

우리는 전처럼 슬퍼하거나 주저앉지 않는다.
언젠가 원하는 목표를 이루고
'이제는 정말 행복하다.'라고 느끼는 날까지.
희망을 안고 행복을 향해 달려갈 뿐이다.

그런데도
사는 이유가 뭐야?

공무원 시험을 준비하는 친구가 있다. 그 친구는 2년째 학원을 다니며 공부하고 있지만 아직 합격하지 못했다. 최근에는 어머니 건강마저 나빠졌다고 한다. 위로해줄 겸 술이나 한잔 하자며 불러냈다. 그는 안주시킬 의지조차 없는 얼굴을 하고 약속장소에 도착했다. 내 취향대로 돼지고기 숙주볶음과 소주를 시켰다. 처음에 다소 적막했던 분위기는 소주 몇 잔에 깨졌다.

"정말 죽고 싶다. 요즘 너무 힘들어 나도 힘든데 엄마까지 아프니까 죽겠다, 진짜."

"힘내 뭐라고 위로를 해야 할지 모르겠다."

"몰라, 그냥 다 싫어. 꼭 안 좋은 일은 한꺼번에 오더라. 학원비도 곧 오른대."

'인생이 원래 그렇지 뭐.' 같은 진부한 이야기를 주고받다가 내가 힘들었던 이야기를 해줬다. 가정사, 의료사고, 탈모로 좌절했던 속 깊은 이야기를 쏟아냈다. 서로 슬픔을 공유하면 조금이나마 위로가 될까 싶어서.

내 이야기가 끝난 후에 친구가 입을 열었다.

"너는 더 파란만장하네. 어떻게 넘겼어? 그런데도 사는 이유가 뭐야?"

나는 차분하게 답했다.

"행복하려고… 앞으로는 행복하게 살고 싶어서. 그러니까 너도 힘내. 공무원 그거 네가 하고 싶은 일이니까 계속해. 어머니는 수술 잘 될 거야. 우리 둘 다 행복해지자"

두 사람 다 평소 눈물과는 거리가 멀다. 하지만 그날은 굉장히 슬퍼했다. 남자 둘이 술을 마시며 눈물을 보이니 양옆 테이블에서는 수군대기도 했다.

1년이 지난 지금 아직도 그 친구와 나는 목표한 것만큼 행복하지는 않다. 그는 몇 달 뒤에 공무원 시험에 합격했고 어머니는 다시 건강해졌다. 하지만 막상 임용이 되고 일을 해보니 직업에 대한 회의감을 느낀다고 한다. 곧 이직할 생각이라고 했다.

　　나는 목표한 대로 좋아하는 일을 하고 있지만 아직 생계를 해결하지는 못한다. 하지만 우리는 전처럼 슬퍼하거나 주저앉지 않는다. 언젠가 원하는 목표를 이루고 '이제는 정말 행복하다.'라고 느끼는 날까지. 희망을 안고 행복을 향해 달려갈 뿐이다.

매번 잘하고 성공할 거라 믿는 과한 긍정은
정신 건강에 좋지 않다. '나는 잘할 수 있다.'는
'모든 걸 잘하지는 못해도
무엇이든 시도해볼 수 있다.'라고 고치는 게 좋겠다.
그렇다고 의기소침해질 필요는 없다.
아마도 대부분 실패하겠지만 그중 몇 가지는
반드시 잘해낼 테니까.

아마도 대부분
실패할 겁니다

"나는 잘할 수 있다!" 초등학교 6년 내내 아침마다 현관에서 외친 말이다. 물론 자의로 한 일은 아니다. 어머니가 시켜서 억지로 했다. 하지만 이 일은 내 자존감에 긍정적인 영향을 줬다. 나에게 노력한다면 무엇이든 잘할 수 있다는 자신감을 줬으니까. 그래서인지 해보고 싶은 일이 생기면 일단 저지르고 봤다.

그러나 해를 거듭할수록 그 생각은 점점 무너지기 시작했다. 군대에서는 열심히 노력해도 괴롭힘 당하기 일쑤였고 사업은 망했다. 20살이 되자마자 30살까지의 계획을 세웠다. 그런데 거기에 적었던 목표 90%가 실패했다. 나는 모든 일을 잘하지는 못했다. 현실은 예상보다 더 냉정했다.

항상 자신감 넘치고 실행하기 좋아하는 나였다. 연거푸 미끄러지니 의기소침해졌다. 원래 기대가 크면 실망도 크다고 하지 않은가. 내가 잘할 거라고 성공할 거라고 굳게 믿고 있었으니 실패할 때마다 실망도 배가 됐다. 어느 순간부터는 하나둘 실패할 때마다 다시 일어서기가 힘들었다. 새로운 일을 시작하려고 할 때면 겁부터 났다.

충만한 자신감은 자존감에 긍정적인 영향을 준다. 하지만 매번 잘하고 성공할 거라 믿는 과한 긍정은 정신건강에 좋지 않다. '나는 잘할 수 있다.'는 '모든 걸 잘하지는 못해도 무엇이든 시도해볼 수 있다.'라고 고치는게 좋겠다. 그렇다고 의기소침해질 필요는 없다. 아마도 대부분 실패하겠지만 그중 몇 가지는 반드시 잘해낼 테니까.

가끔 아직도 과거에 사는 사람을 만나게 되면 항상
다짐한다. 나는 실수를 하든 성공을 하든 저들처럼
왕년의 저주에 빠져 살지 않겠다고. 과거가 아니라
미래를 바라보며 현재에 살겠다고.

왕년의
저주

앞서 말했듯 내 아버지는 가정을 책임지지 않았다. 다른 이유가 있는지 모르겠지만 내 생각에 가장 큰 이유는 과거에서 탈출하지 못했기 때문이다. 그는 20대에 큰돈을 벌어본 경험이 있다. 첫 사업이었고 큰 성취감을 얻었다. 나중에 빈털터리가 돼서도 "왕년에 내가 말이야…"라며 무용담처럼 이야기하곤 했다.

사업이 망하고 빚이 생긴 후에도 경제활동을 하지 않았다. "소싯적 하루에 100만 원씩 벌던 사람이 어떻게 한 달에 200만 원을 벌겠냐?"고 말했다. 발등에 불이 떨어졌는데도 혼자만 우유부단했다. 당시 고등학생인 나도 종종 했던 공사장 일도 며칠 만에 그만두고 돌아왔다. "너무 힘들고 위험하다."는 말과 함께.

그런데 사회에 나와 보니 비슷한 사람이 많았다. 대부분 현재에서는 온갖 핑계를 대며 주어진 일은 열심히 하지 않는다. 술만 마시면 "왕년에 잘나갔을 땐 말이야…"를 남발한다. 가끔은 '정말 대단했구나.' 하며 경외감이 들 때도 있다. 하지만 집에 돌아와 곱씹어보면 딱히 마음에 담아둘 가치가 없다. 그 사람도 아버지였던 사람처럼 아직도 추억에 젖어 현재가 아닌 과거에 살고 있는 사람이니까.

몸과 마음의 괴리로 인해 대개 이런 사람들은 자존감 또한 낮다. 자연히 자존심은 세고 자격지심도 있다. 그래서 마음마저 가난하다. 가끔 아직도 과거에 사는 사람을 만나게 되면 항상 다짐한다. 나는 실수를 하든 성공을 하든 저들처럼 왕년의 저주에 빠져 살지 않겠다고. 과거가 아니라 미래를 바라보며 현재에 살겠다고.

작지만
확실한 성취감

이제는 계획 세우는 일이 습관이 됐다. 새해에 한 번, 매달 1일에 한 번 그리고 매일 밤 내일 하루 목표를 정한다. 예전에는 조그만 수첩을 들고 다니며 매일 적고 지우기를 반복했다. 그러다가 밖에서 잃어버린 적이 있다. 그래서 요즘엔 주로 휴대폰에 적는다.

시작하게 된 계기는 무기력함 때문이다. 자존감이 낮아질 때 나는 현실도피자가 된다. 힘든 일이 생기면 미루거나 피해서 숨어버린다. 그러면서도 마음속으로는 '뭐 어떻게든 되겠지?' '잘될 거야.'라며 긍정적인 척을 한다. 하지만 그건 긍정적인 게 아니라 겁먹은 거였다.

해결하려고 하기보다 그냥 누워서 시간만 보냈다. 기간이 오래되다 보니 만사가 귀찮아졌다. 문득 '이렇게 살면 무슨 의미가 있겠나?' 싶더라. 무기력함을 벗어던지기 위해 계획표를 만들었다. 그렇다고 처음부터 거창한 계획을 세우지는 않았다. 당장 내일 아침 출근도 쉽지 않은 나니까.

제일 먼저 휴대폰 벨소리 바꾸기를 적었다. 기존 노래는 유행이 한참 지나서 친구들이 8090이냐며 놀렸다. 내일 할 일은 그게 전부다. 퇴근 후 저녁을 먹고 음악 재생 목록을 훑어봤다. 어떤 음악이 들리면 더 기쁜 마음으로 전화를 받을 수 있을까. 선택과 번복을 거듭하다가 최근에 자주 들었던 곡을 골랐다. 벨소리로 지정하고 계획표에 빗금을 쳤다. 오늘 할 일을 끝냈다. 작은 일이지만 혼자 힘으로 해결했다. 내일 할 일은 생수 주문하기와 전기요금 납부다.

이렇게 매일 작지만 확실한 성취감을 느낀다. 별거 아닌 거 같아도 하루하루 쌓이면 자존감에 큰 도움이 된다. 계획표 만들기는 가장 쉬운 성취감이 아닐까? 이제 나는 힘든 일이 생겨도 현실을 피해 숨거나 도망치지 않는다. 나는 더 이상 무기력한 겁쟁이가 아니기 때문에.

2

더
이
상

작아지지 않기

자존감이 낮아지는 원인만 제대로 알면 높이는 건
별 문제가 아니다. 더군다나 그 이유는 가족이나
친구가 아니라 누구보다도 나 자신이 제일 잘 알고
있으니 높이지 못할 이유가 없다.

원인부터
제대로 알아야죠

　자존감으로 고민하는 사람이 많다. 책이나 유튜브만 해도 자료가 넘쳐난다. 하지만 다들 높이는 일에만 집중한다. 물론 올리는 일이 중요하긴 하다. 그러나 그전에 선행돼야 할 일이 있다. 바로 더 이상 낮추지 않는 것이다.

　낮추는 원인을 파악하고 해결하지 못하면 아무리 높인다 한들 금세 내려가고 만다. 예를 들어 어떤 사람들은 미처 이루지 못한 학력이라는 조건 탓에 떨어지는 자존감을 재산으로 메울 수 있다고 생각한다. 물론 재산이 많아지면 능력에 대한 자존감이 높아질 것이다. 하지만 마음 한구석에 여전히 '학력의 한'이 남아 누군가에게 출신 학교를 말할 때마다 자존감을 갉아먹는다. 그래서 고졸이나 초대졸까지 교육을 받고 성공한 사람은 나중에라도 대학이나 대학원에 진학하는 경우가 많다.

자존감을 낮추는 요인은 다양하다. 인간관계, 외모, 가난 등 셀 수 없다. 하지만 웬만한 요인은 해결이 가능하다. 인간관계는 나의 문제점을 고치고 새로운 사람을 사귀어 쌓아가면 되고 가난은 열심히 일하면 부자는 못 돼도 먹고사는 데 문제는 없다. 간혹 "외모는 타고 나는 거 아닌가요?" 말할 수 있지만 대한민국은 성형의술이 고도로 발달한 나라다. 외모적인 콤플렉스를 성형으로 극복해서 자존감이 높아진 사례를 여럿 봤다.

이처럼 자존감이 낮아지는 원인만 제대로 알면 높이는 건 별 문제가 아니다. 더군다나 그 이유는 가족이나 친구가 아니라 누구보다도 나 자신이 제일 잘 알고 있으니 높이지 못할 이유가 없다.

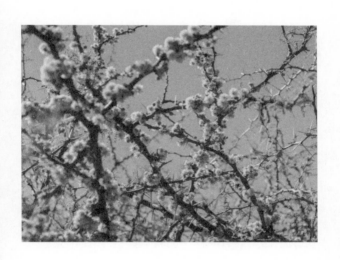

생각은 많이 바뀌었다.
보고 들으며 그때 내가 얼마나
무모하고 무지했는지 충분히 깨달았으니까.
사람은 잘못되면 누구나 남 탓하게 마련이다.
그렇게 하면 내가 잘못하고 부족했다는 사실을
잊을 수 있기 때문이다.

마음이 약할 땐
너그러워지기 힘들다

첫 번째 사업에서 약간의 성공을 맛봤다. 그러나 주변에 사는 사람들에게만 팔 수 있고 주점이라는 특성상 매일 밤을 새야 하는 자영업의 한계를 느꼈다. 이번에는 인터넷으로 휴대폰 케이스를 팔아서 판을 더 키워보겠다고 다짐했다. 2017년 당시 스타트업 붐이 막 일어나는 시기였고 정부에서도 창업지원 정책을 쏟아냈다. 지금이 기회라고 생각했다. 자신감을 가지고 창업했다.

직접 케이스를 디자인하고 만들기 위해 기계도 구입했다. 세련된 디자인을 만들고 싶어서 디자이너도 영입했다. 사업자까지 신고하고 판매를 시작하려는데 구입한지 얼마 안 된 기계가 제대로 된 완성품을 만들어내지 못하더라. 업체와 옥신각신 했지만 업체에서는 원인을 찾아내지 못했다. 결국 여러 시도 끝에 직접 해결한 후 판매를 시작할 수 있었다. 그러는 동안 두 달이 지났다.

정식으로 판매를 시작하고 초반에는 꽤 잘 팔렸다. 하지만 예상과 달리 점점 매출이 줄었다. 사무실 월세, 디자이너 월급 등 고정비는 계속 나가는데 수입은 턱없이 부족했다. 정부에서 주최하는 창업지원 사업에 며칠 동안 밤을 세워가며 지원했지만 매번 탈락했다.

그렇게 몇 달이 더 지나고 더 이상은 버티기 힘들다고 생각했다. 대출이라도 받아야겠다고 마음을 먹었다. 지역에 있는 소상공인센터에 갔다.

"제가 자본금이 다 떨어져가는데 대출이 가능할까요?"

직원은 내 얼굴을 슬쩍 보더니 귀찮다는 식으로 말했다.

"업종이 뭔데요?"

"전자상거래업입니다."

"아, 쇼핑몰이요? 매출은요?"

"월 200쯤 돼요."

"아 그럼 딱 매출만큼 200만 원 대출 가능합니다."

한 달 유지비 정도다. 앞으로 6개월 정도 버틸 돈이 필요했던 나는 세상이 무너지는 기분이었다. 그 후에 이모, 자산관리사를 하는 형, 자영업을 하는 동생 등 여러 명에게 도움을 청했지만 다들 거절했다. 결국 1년 만에 사업을 접을 수밖에 없었다.

망하고 나니 세상 모두가 원망스러웠다. 지원은커녕 응원조차 해주지 않은 어머니, 나는 이렇게 절박한데 돈을 빌려주지 않은 주변 사람들, 청년창업을 지원하겠다고 한 나라까지 나만 빼고 모두를 탓했다. 그러면서도 "만약 다른 가정, 다른 친구, 다른 나라였다면 망하지 않았을 거야."라고 삼류 소설을 썼다.

1년이 지난 지금 여전히 그때 진 빚을 갚고 있는 중이다. 하지만 생각은 많이 바뀌었다. 보고 들으며 그때 내가 얼마나 무모하고 무지했는지 충분히 깨달았으니까. 사람은 잘못되면 누구나 남 탓하게 마련이다. 그렇게 하면 내가 잘못하고 부족했다는 사실을 잊을 수 있기 때문이다.

그러나 진실을 마주하고 깊고 깊은 남 탓의 늪에서

빠져나오지 못하면 더 이상 앞으로 나아갈 수 없을지도 모른다. 제대로 된 반성이 없으니 발전도 없을뿐더러 인정하고 받아들이지 못하니 자존감 또한 오르지 않는다. 아무리 노력해도 자존감이 오르지 않는다면 혹시 나처럼 남 탓의 늪에 빠져 있는 건 아닌지 발밑을 확인해보는 게 어떨까.

자존감을 낮추는 습관은 말이나 행동으로 이어진다. 예를 들면 "이거 먹어도 돼?" 하면 될 걸 "나 이거 먹으면 안 되겠지?"처럼 허락을 구할 때마저도 자신이 없다. 또 주변 사람의 부탁을 거절하지 못해서 골머리를 썩는 등 의사표현을 확실히 하지 못한다.

맹수가 아니면
어떻습니까

'지렁이도 밟으면 꿈틀한다.'라는 속담이 있다. 강한 상대에게 당할 때 흔히 쓰는 말이다. 나는 이 문장을 굉장히 싫어한다. 애초에 꿈틀해봤자 방향을 바꾸는 게 전부인 지렁이에 나를 빗대는 게 싫어서다. 왠지 나 자신을 낮추는 기분이 든다. 대수롭지 않게 넘길 수도 있지만. 나를 낮추는 습관은 자존감이 높아지는 걸 방해하는 요인 중 하나다.

자존감을 낮추는 습관은 말이나 행동으로 이어진다. 예를 들면 "이거 먹어도 돼?" 하면 될 걸 "나 이거 먹으면 안 되겠지?"처럼 허락을 구할 때마저도 자신이 없다.

또 주변 사람의 부탁을 거절하지 못해서 골머리를 썩는 등 의사표현을 확실히 하지 못한다. 주말에 친구들과 만나서 음식 메뉴를 선택하지 못하는 '결정장애'도 비슷한 맥락이다.

그렇다고 지렁이를 비하하는 건 아니다. 먹이사슬 최하위에 속하는 이 생물은 평생 땅을 일구며 토양을 풍성하게 한다. 낚시할 때도 필요한 이로운 생물이다. 하지만 비가 내리면 땅속에 물이 차 숨을 쉴 수 없게 되고 아스팔트로 나간다. 거기서 행인의 발에 밟히거나 다시 흙으로 돌아가지 못하고 말라죽는다.

밀림에도 지렁이처럼 다소 약하게 비춰지는 동물이 있다. 바로 하이에나다. 어릴 때 봤던 〈라이온킹〉이라는 영화에서는 다른 동물에 비해 몸집이 작고 비열하게 묘사됐다. 하지만 실제로는 늑대만큼 몸집이 크다. 초원에서 남은 시체를 먹어치워 청소부 역할도 한다. 아직 맹수가 되지 못했다면 차라리 하이에나쯤으로 해두자. 혼자서는 사자에게 꼼짝없이 당하는 신세지만 여러 명이

모이면 밀림의 왕이라는 사자도 먹이를 두고 도망가는 하이에나 말이다.

완벽했다고 생각했던 첫사랑도 지금 보면 평범하다.
불가능한 것에 집착할수록 그 과정에서 받는 상처만
커진다. 결국 슬퍼지는 건 나 자신이다.
세상에는 여전히 불가능한 일투성이다.
불가능을 받아들이자.

안 되는 게 있다는 걸
받아들이기

'영원'이라는 단어를 떠올리면 진시황제가 생각난다. 그는 연, 조, 위, 제, 한, 초 6국를 멸망시켜 춘추전국시대를 끝내고 중국을 최초로 통일한 왕이다. 천하를 호령한 시황제도 말년에는 죽음이 두려웠던 모양이다. 늙어갈수록 불로불사에 집착해서 온갖 사기를 당한다. 한번은 서복이라는 사람이 멀리 동해에 살고 있는 신에게 불로초를 구해오겠다며 뻔한 거짓말을 했는데 속아 넘어가서 엄청난 양의 재물을 딸려 보낸다. 그러나 갖은 노력에도 불구하고 50세, 길지 않은 생을 마감한다.

'완벽'이라는 단어는 공산주의가 떠오르게 한다. 사회

적 평등, 공동생산, 계급이나 사유재산을 없애고 능력에 따라 일하고 필요에 따라 이익을 분배한다. 말로만 들어 서는 솔깃하고 완벽해 보인다. 하지만 실제로 시도했던 소련, 중국 등은 결국 망했고 지금은 자본주의 국가가 됐다.

모든 게 가능한 21세기다. 인간과 소통하는 로봇이 개 발됐고 차는 혼자서 운전도 한다. 하지만 여전히 인간은 불완전하며 영원히 살 수 없다. 하나도 빠짐없이 완벽하 게 쓰려고 했던 자소서는 잘 써지지도 않을 뿐더러 되 레 어색한 부분이 많다. 영원히 내 옆에 있을 것 같은 어 머니도 언젠가는 내 곁을 떠날 것이다. 완벽했다고 생각 했던 첫사랑도 지금 보면 평범하다. 불가능한 것에 집착 할수록 그 과정에서 받는 상처만 커진다. 결국 슬퍼지는 건 나 자신이다.

세상에는 여전히 불가능한 일투성이다. 불가능을 받 아들이자. 바꿀 수 없는 일은 받아들이는 것 외엔 별다 른 방법이 없으니까.

힘들 때 누군가에게 기대고 싶은 마음은 당연한
섭리다. 하지만 사람에게 기대면 언젠가는 상처받고
술은 건강을 해친다. 자존감은 그 무엇도 의지하지
않는 일에서부터 시작하는 게 아닐까.

홀로 쌓아가야 하는 것

　몇 년 전까지만 해도 연애로 자존감을 높일 수 있다고 믿었다. 자존감이 높은 사람을 만나서 그 사람이 나를 칭찬하면 자연히 높아질 거라고 생각했다. 물론 당연히 높아진다. "너는 생각 정리를 참 잘해."처럼 나도 모르고 있던 장점까지 알게 해주는 사람이 있었고 자신감도 조금씩 생겼다.

　그런데 이내 곤두박질쳤다. 연애라는 건 언젠가 끝이 있게 마련이고 좋은 이별 또한 존재하지 않으니까. 이별 후에는 전처럼 자존감 기근에 허덕였다. 그러다 보면 '다시 좋은 사람을 만나서 자존감 올려야지.' 같은 어리석은 조급함을 가지고 다른 사람을 찾아다닌다. 보통 이렇게 계속 연애와 이별을 반복하든지 아니면 조급함에 아무나 만나다가 깊은 상처를 입고 연애를 포기하곤 하더라.

또 하나 의지했던 게 있다. 바로 술이다. 잘 마시지도 못하지만 슬플 때 마시면 잠도 잘 오고 잠시나마 골치 아픈 일을 잊게 되는 것 같아 자주 마셨다. 점점 습관이 되고 맥주를 마시지 않으면 잠이 오질 않았다. 몇 달 후 건강검진에서 간수치가 너무 높다는 말을 들었다. 술은 영원히 나를 떠나지 않을 거라고 믿었다. 맞다 평생 나를 떠나지 않을 것이다. 하지만 그전에 내가 세상을 떠날 확률이 크다.

힘들 때 누군가에게 기대고 싶은 마음은 당연한 섭리다. 그럴 땐 무엇이라도 붙잡고 싶으니까. 하지만 사람에게 기대면 언젠가는 상처받고 술은 건강을 해친다. 자존감은 그 무엇도 의지하지 않는 일에서부터 시작하는 게 아닐까 싶다.

어릴 때 돈은 행복의 전부가 아니라고 배웠다.

지금도 공감한다. 건강, 인간관계 등 여러 가지 조건 중
하나일 뿐. 재산으로 모든 행복을 채울 수는 없으니까.

다만 돈이 부족하면 할 수 있는 게 없어진다.

기간이 길어지면 결국 불행해진다.

많이 벌진 못하더라도 부족하지는 않게 벌자.

작지만 확실한 행복을
누릴 수 있을 만큼의 여유

　신용불량자가 되고 제일 먼저 느낀 점은 '돈의 소중함'이다. 그전까지는 통장에 많지는 않아도 조그만 잔고가 있었다. 계절에 한두 번은 사고 싶은 옷을 사고 일주일에 한번은 저녁으로 치킨을 먹었다. 평일에 열심히 일을 하고 금요일 밤이 되면 친구들을 만나 맥주를 마셨다. 그때는 당연하다고 느낀 일이다.

　이제는 잔고가 마이너스다. 당장 다음 주에 쓸 돈도 여의치 않다. 여유가 없어지니 가끔 가족들에게 하던 연락도 뜸해졌다. 어머니 생일이 되어도 축하한다는 말 외에는 해줄 수 있는 게 없더라. 사정을 들은 친구들도 처음에는 "괜찮아 내가 살 테니까 나와."라며 호탕하게 말했다. 하지만 그것도 한두 번뿐. 얼마 되지 않아 연락이 끊겼다.

식사는 라면이나 편의점 도시락이 전부였다. 가끔 햄버거가 먹고 싶을 때는 패스트푸드점이 아니라 편의점에서 파는 저렴한 걸 사먹었다. 비싼 과일은 사먹을 엄두도 내지 못했다. 점점 챙길 수 없는 일이 많아졌다. 몸도 제대로 챙기지 못하는 나에게 마음건강은 사치에 불과했다.

다소 극단적인 상황이라고 생각할 수 있다. 그렇지만 실직이나, 불운의 사고로 누구든 살면서 겪어볼 만한 일이다. 어릴 때 돈은 행복의 전부가 아니라고 배웠다. 지금도 공감한다. 건강, 인간관계 등 여러 가지 조건 중 하나일 뿐. 재산으로 모든 행복을 채울 수는 없으니까. 다만 돈이 부족하면 할 수 있는 게 없어진다. 기간이 길어지면 결국 불행해진다.

많이 벌진 못하더라도 부족하지는 않게 벌자. "돈이

없어도 행복할 수 있습니다, 여러분." 같은 말을 하기에
현실은 너무나 냉혹하니까.

문득 읽은 책에서 "나를 사랑하세요."라고 말하더라.
의도는 알겠지만 현실적으로 어려운 이야기다.
스스로가 미워 죽겠는데 그런 사람에게 자신을
사랑하라니. 순서가 잘못됐다.
사랑하기 전에
자신을 미워하는 일부터 그만두어야 한다.

최소한
미워하지 마세요

'나를 사랑하세요' 'Love yourself'

심리와 관련된 책을 읽으면 빠짐없이 나오는 문장이
다. 남 탓과 쌍두마차를 이루는 자기 탓은 자존감이 낮
은 사람에게 흔히 나타나는 증상이다. 특히 나는 사기를
당하고 난 후에 지독하게 나를 혐오했다.

고등학교 선배 중에 준현이라는 형이 있다. 학생 때부
터 친해져 성인이 된 후에도 자주 만나고 연락한다. 아
버지가 목재 공장을 하는데 규모가 꽤 큰 것 같았다. 그
는 스무 살이 되자마자 외제차를 타고 다녔으니까. 나에

게 술을 잘 사주는 형이었다. 그런데 어느 날 갑자기 연락이 왔다. "곧 개발될 곳에 땅을 사야 하는데 돈이 조금 부족하다."면서 빌려달라고 했다. 평소에 친해도 돈 거래는 하지 말라는 이야기를 많이 들었다. 하지만 부자인 형이 돈을 떼어먹을 것 같지 않았다. 더군다나 이자까지 잘 챙겨줄 거라 생각하며 믿었다. 비상금을 털어 송금했다. 스무 살 때부터 틈틈이 알바하면서 모은 돈 1000만 원. 처음 몇 달간은 이자도 잘 챙겨줬다. 가끔 만나서 커피도 마시면서 잘 지냈다. 그러나 세 달째부터 갑자기 연락이 되지 않았다. 메시지는 읽지도 않고 전화를 하면 "어, 미안. 지금 바빠서 나중에 연락줄게."라고 했다.

네 달째부터는 전화를 걸면 "지금 거신 번호는 없는 번호…"라는 자동응답만 돌아왔다. 나중에 알고 보니 아버지 공장이 어려워져 부도가 났다고 한다. 더 이상 큰 씀씀이를 유지할 수 없게 되자 주변 사람들에게 돈을 빌리고 잠적했다.

눈앞이 캄캄해진다는 말이 뭔지 이때 처음 알았다. 몇

년간 모은 돈을 한순간에 날렸다. 형도 너무 미웠지만 내가 더 미웠다. 친해도 돈 거래는 하지 말라는 경고를 여러 번 들었는데도 불구하고 사기를 당했기 때문이다. '조금만 더 조심했더라면.' '이 멍청한 자식.' '이런 네가 뭘 할 수 있겠어?' 하며 밤마다 나를 꾸짖었다.

그러다 문득 읽은 책에서 "나를 사랑하세요."라고 말하더라. 의도는 알겠지만 현실적으로 어려운 이야기다. 스스로가 미워 죽겠는데 그런 사람에게 자신을 사랑하라니. 순서가 잘못됐다. 사랑하기 전에 자신을 미워하는 일부터 그만두어야 한다. 나는 예전의 나처럼 자기혐오에 빠져 있는 사람에게 이렇게 말해주고 싶다. "최소한 자신을 미워하지는 마세요, 모두 당신 잘못은 아니니까요."

우리가 여태 한 걱정은 헛되지 않았다.
그러니 많다고 고민할 필요 없다.
우리는 희미하게 보이는 미래를
우리 방식대로 대비하는 중이니까.

마음껏
걱정하세요

　나는 사서 걱정하는 편이다. 행동하기 전 실패할 때를 대비해서 A는 물론 B와 C까지 계획한다. 값이 좀 나가는 물건을 사기 전에는 나에게 꼭 필요한 물건인지, 지속적으로 사용할 물건인지 따져본다. 항상 자기 전에 누워서 내일 할 일을 미리 생각하고 그려본다. 친구들은 이런 날 보고 "걱정 좀 그만해라. 그런다고 일이 해결되냐?"라며 핀잔을 준다. 하지만 걱정을 그만하고 싶다고 해서 갑자기 멈출 수 있는 건 아니다.

　'걱정이 많아서 걱정'이라는 말이 유행이다. 원래 그러지 않더라도 나처럼 자존감이 자주 낮아지면 으레 걱정이 많아진다. 자신감도 같이 낮아져 행동 하나하나가 망설여지니까.

그런데 크게 고민할 필요 없다. 병적으로 자그마한 일까지 신경 써서 생활에 지장을 줄 정도가 아니라면 말이다. '걱정이 많은 사람'을 다른 말로 하면 '신중한 사람'이다. 생각하는 일을 넘어 반대의 일, 또 다른 변수까지 대비한다. 이런 행동은 마치 운동선수들의 '이미지 트레이닝' 같다.

미국 클리블랜드 신경과학자 광예 박사는 상상을 통해 근육을 키우는 훈련을 실시했다. 팔이나 손가락을 특정한 부위에 올리고 마음속으로 근육을 강하게 수축시키는 상상을 매회 10~15분 정도 총 50회 반복했다. 4개월 후 젊은이부터 노인까지 평균 15%의 근육이 강화됐다.

실제로 뇌는 현실과 상상을 구분하지 못한다고 한다. 그 말은 즉, 걱정할 때 하는 상상을 통해 계획하는 일을 연습시켜두면 계획된 행동을 실행에 옮기는 게 수월해진다는 말이다. 만약 걱정했던 대로 실패하더라도 그 상황을 상상조차 해보지 않은 사람에 비해 받는 충격도 덜하다. 우리가 여태 한 걱정은 헛되지 않았다. 그러니 많다고 고민할 필요 없다. 우리는 희미하게 보이는 미래를 우리 방식대로 대비하는 중이니까.

점점 글보다는 사람들 반응에 관심을 가졌다.
그러다 문득 생각이 들었다.
'과연 내가 되고 싶은 건 작가인가, SNS 스타인가?'
지금 돌이켜보면 그때 행동은 작가가 아니라
SNS 스타가 되기 위한 노력이었다.
더군다나 그렇게 구독자 수에 집착할수록
내가 꿈꾸던 작가라는 꿈과는 점점 멀어졌다.

나는 이전의 나보다
나은 사람이 되었을까?

내가 처음 글을 쓰기 시작한 곳은 SNS다. 남들과 똑같이 쓰면 알아주지 않을까 봐 고민하다가 자주 가던 카페에서 봤던 타자기를 샀다. 타자기로 일상에서 느낀 점을 짧게짧게 써서 올렸다. 생각보다 많은 사람이 좋아해 주더라. 그렇게 조금씩 구독자 수가 늘어났다.

쓰다 보니 욕심이 생겼다. 어떤 사람은 나와 비슷하게 글을 올리는데도 구독자가 수십만 명이었다. 사람들이 누르는 좋아요 개수도 나와는 비교할 수 없게 많았다. 자꾸 조바심이 나서 글을 더 자주 올리고 쓰는 방식도 바꿨다. 나보다 인기 많은 사람이 부러웠다.

몇 달이 지나고 노력해도 늘지 않는 구독자를 보며 한탄했다. 점점 글보다는 사람들 반응에 관심을 가졌다. 그러다 문득 생각이 들었다. '과연 내가 되고 싶은 건 작가인가, SNS 스타인가?' 지금 돌이켜보면 그때 행동은 작가가 아니라 SNS 스타가 되기 위한 노력이었다.

더군다나 그렇게 구독자 수에 집착할수록 내가 꿈꾸던 작가라는 꿈과는 점점 멀어졌다. 사람들에게 관심받기 위해서 글을 썼기 때문이다. 내가 쓰고 싶은 이야기가 아니라 사랑 이야기처럼 사람들이 좋아하는 주제로.

그 사실을 깨달은 이후로 더는 구독자 수에 목매지 않는다. 전에는 경쟁 상대라고 생각했던 사람이 구독자 수를 두 배로 늘려도 신경 쓰지 않는다. 내가 되고 싶은 건 내 이야기를 쓰는 작가고 진짜로 겨뤄야 할 상대는 구독자 많은 남이 아니다. '작년의 나' '지난달의 나'다. 그저 그들보다 글솜씨가 나아지도록 노력하면 된다.

힘든 걸 참고 평생 노력한다고 해서 모든 일이
이루어지는 건 아니다. 오히려 적성에 맞지 않는 일을
붙들고 그만둬야 할 때를 놓치면 몸은 몸대로 마음은
마음대로 병이 생긴다.

내 선에서 최선을 다했음을
인정해주기

　우리 사회는 유난히 포기에 인색하다. 열심히 노력해도 안 되는 일을 "포기해도 괜찮아."라는 말보다 "안 되면 되게 하라." "포기는 김장할 때나 쓰는 단어야." "다 노력이 부족해서 그래." 같은 말로 끝까지 놓지 않기를 바란다. 하지만 힘든 걸 참고 평생 노력한다고 해서 모든 일이 이루어지는 건 아니다. 오히려 적성에 맞지 않는 일을 붙들고 그만둬야 할 때를 놓치면 몸은 몸대로 마음은 마음대로 병이 생긴다.

　내가 제일 좋아하는 화가는 고흐다. 별이 무수히 빛나는 밤하늘을 잘 표현하기도 하고. 그도 나처럼 이것저것 다른 일을 하며 방황하다가 20대가 끝날 무렵에 적성을 찾아서 그런지 왠지 모를 동질감이 느껴진다. 언뜻 생각하기에 세계적인 명성을 가진 고흐도 여느 천재들처럼 어릴 때부터 미술에 두각을 나타내 엘리트 코스를 밟았을 거라고 생각하기 쉽지만 아니다. 전혀 그렇지 않다.

그는 어느 네덜란드 목사의 맏아들로 태어났다. 예상과 다르게 어릴 때에는 미술에 크게 관심을 가지지 않았다. 오히려 곤충 관찰에 흥미를 보여 '곤충학자가 되지 않을까?' 생각했다고 한다. 일반 학교를 다니다 자퇴하고 16세부터는 화가들의 그림을 소개하고 판매하는 화랑에서 일했다. 돈도 꽤 잘 벌어 동생인 테오도 도와줬다고 한다. 그런데 어느 날 갑자기 해고당한다. 그 후 아버지처럼 목사가 되기 위해 전도사로 일한다. 그마저도 얼마 못 가 그만두고 만다. 그가 본격적으로 그림을 그리기 시작한 건 만 28세가 되던 해.

과연 그가 한국에 태어났다면 어땠을까. 해고당한 화랑 일을 끝까지 포기하지 않고 다른 화랑에 재취업하거나 전도사로 경력을 쌓아 목사가 되었다면 세계적으로 존경받는 화가로 남을 수 있었을까. 오늘날 적성도 아닌데 타인의 기대에 따라 공무원 시험에 몇 년째 목매는 사람들을 보면 과연 고흐는 뭐라고 말했을까. 빨리 포기하는 것도 용기라며 어깨를 두드려주지 않을까?

3

"천천히 단단하게"
나 자신이 되어가는 말들

속이려고 마음먹은 사람을 피하기는 힘들지만 그래도
조금은 의심해봐야겠다고. 뚜렷한 주관 없이 살면
자의가 아니라 타의에 살지도 모르고 결국 자존감도
남들에 의해 결정되겠다고.

나만의
가치관 만들기

　군대를 막 전역하고 아르바이트를 구할 때 일이다. 친구들에게 영화관 일이 재미있다고 여러 번 들었다. 제일 유명한 회사 두 곳에 지원했고 합격했다는 문자를 받았다. 면접만을 앞두고 있었다.
　그런데 뜬금없이 초등학교 동창에게 연락이 왔다. 10년 만에 처음 연락하는 그 친구는 내게 일할 생각이 없냐고 물었다. 나는 마침 아르바이트를 구하는 중이라고 말했다.

　"무슨 일인데?"

"응, 우리 삼촌이 서울에서 영상 관련 회사를 하시거든."

"오, 월급은 얼마야?"

"뭐 최저시급보다는 훨씬 많고 기숙사도 무료야. 나도 여기서 일해."

"너무 좋다. 그런데 회사 이름은 뭐야?"

"그런 건 만나서 이야기해줄게."

회사명을 이야기해주지 않는 게 조금은 이해가 안 됐지만 동창이기에 의심하지 않았다. 평소에 다른 지역에서 일해보고 싶은 생각이 있었다. 아는 사람이 있으니 적응하기도 편하겠다고 생각했다. 부푼 꿈을 안고 다음 날 짐을 싸서 서울로 갔다. 송파에 있는 어느 쇼핑몰에서 친구를 만났다. 오랜만에 봐서 그런지 반가웠다. 마침 점심시간이었고 고마운 마음에 내가 회덮밥을 샀다. 커피는 자기가 사겠다며 카페로 들어갔는데 그때부터 표정이 무거워진다.

"이제 하게 될 일 설명을 해줄게."

"응, 영상 일이라며 나 배우고 싶었어."

"음 근데 사실 영상은 아니고 영업이야. 사람들을 데려와야 돈을 벌 수 있어."

나는 무척이나 당황했다.

"이게 다이아몬드 계급으로 올라가면 월 1000만 원도…."

영화에서 주인공이 충격을 받았을 때 슬로 모션으로 온 세상이 빙글빙글 도는 효과가 있는데 그 당시에 내가 그런 기분이었다. 그렇다, 다단계였다. 자기를 봐서 한 번만 설명회에 참석해달라고 했다. 그런데 10년 만에 본 친구에게 그럴 필요성이 느껴지지 않더라. 나중에 알고 보니 설명회에 들어가면 문을 잠그고 며칠 동안 밖에 못나가게 한다고 한다. 그 후 그 회사에 취업한 사람처럼 서류를 조작하고 2000만 원의 대출을 받게 해서 나를 데려온 친구에게 200만 원이 돌아가는 시스템이라고 한다.

사정하는 친구를 뿌리치고 반나절 만에 다시 캐리어를 끌고 집으로 돌아왔다. 분명 가족들에게 서울에서 일하고 오겠노라고 큰소리쳤는데 너무 창피했다. 그때 뼈저리게 느꼈다. 물론 속이려고 마음먹은 사람을 피하기는 힘들지만 그래도 조금은 의심해봐야겠다고. 뚜렷한 주관 없이 살면 자의가 아니라 타의에 살지도 모르고 결국 자존감도 남들에 의해 결정되겠다고. 그날 밤 나는 새 노트를 하나 꺼내 들었다. 노트 맨 앞에는 '나의 가치관'이라고 적었고 첫 번째 장에는 이렇게 써넣었다.

'남의 말 쉽게 믿지 않기'

아무리 뛰어난 연기자라고 해도
하루아침에 주연을 맡을 순 없다.
이름도 없는 행인1부터
행인5까지 자잘한 단역부터 시작한다.
성공으로 가는 길은 순리에 맞게 걷는 방법뿐이다.
한 걸음 한 걸음 내딛자.
세상에 순서 없이 이뤄지는 일은 없으니까.

인생에는
순서가 있다

초등학생 때 읽었던 소설 『아홉살 인생』을 기억한다. 그 책에는 골방철학자라는 등장인물이 있다. 그는 홀어머니와 살며 골방에 틀어박혀 하라는 공부 대신 망상을 한다. 덕분에 동네 아이들은 미친 사람 취급하고 어른들은 홀어머니 등골을 휘게 하는 어리석은 인간 취급을 한다. 결국엔 주인공인 여민이에게 자신은 사실 외계인이라는 말을 남기고 숲속에서 목을 맨 채 시체로 발견된다.

나는 내가 골방철학자처럼 될까 봐 무서웠다. 그처럼 상상하는 걸 좋아했고 모든 일을 쉽게 생각하는 경향이 있기 때문이다. 꿈도 커서 항상 목표를 세울 때 남들보다 월등히 높게 세웠다. 주변 사람들에게 내 목표를 말하면 허무맹랑하다며 혀를 끌끌 찼다. 당시에는 마음도 몰라준다며 서운해했지만 지금 생각하면 당연한 반응이다. 그때는 미처 몰랐다. 인생에 순서가 있다는 사실을.

사업을 꿈으로 삼았을 때도 그랬다. 시작도 하기 전에 성공한 후를 상상을 했다. 매출 300억 중소기업에 사원은 50여 명을 뽑고 본사는 강남에 5층짜리 건물로 정했다. 중간 과정은 생각하지도 않은 채.

결국 사업은 망했다. 빈털터리가 된 것보다 꿈을 이루지 못한 현실을 받아들이기가 어려웠다. 현실과 이상의 괴리가 크면 클수록 자존감이 떨어지는 폭은 컸다.

그러다가 최근에 텔레비전에서 사업가 백종원 씨가 말하는 걸 들었다. 나처럼 포부만 큰 초보 창업가에게 꾸중을 하면서 말하길 "한 번에 정상을 쳐다보면 못 올라가유. 그냥 고개만 아파유."

머리가 떵했다.

나는 뒷산도 가보지 않았는데 에베레스트에 오를 생

각부터 한 셈이다. 먼저 뒷산부터 지역에 있는 산, 지리산, 한라산을 거쳐 외국의 높은 산까지 경험해봐야 한다. 그 외에도 비싼 입장료, 현지 셰르파, 캠핑장비 등 여러 가지 준비가 필요한데 나는 그저 정상에 올라 사진 찍을 생각만 하고 있었던 게 아닌가.

아무리 뛰어난 연기자라고 해도 하루아침에 주연을 맡을 순 없다. 이름도 없는 행인1부터 행인5까지 자잘한 단역부터 시작한다. 성공으로 가는 길은 순리에 맞게 걷는 방법뿐이다. 한 걸음 한 걸음 내딛자. 세상에 순서 없이 이뤄지는 일은 없으니까.

"뭐 간단하게 한 번에 올릴 수 있는 방법은 없냐?
복잡하고 어려운건 딱 질색이야."
"그런 방법이 있으면 세상에 자존감 낮은 사람이 어디
있냐? 그래서 어려운 거야. 올리려면 나 자신도
잘 이해하고 시간과 노력도 필요해. 다 대가가 있어."

모든 일에는
대가가 있다

　나에게는 승철이라는 친구가 있다. 중학생 때부터 지금까지 자주 보며 지낸다. 그는 자존감이 낮은 편이다. 나야 내려갈 때도 있고 올라갈 때도 있지만 그 친구는 항상 낮다. 평소에도 주변 사람들에게 '자존감 높이는 책'을 추천해달라고 입버릇처럼 말하고 다닌다. 내가 이 책을 쓰게 만든 장본인이기도 하다.

　우리는 주말에 매일 보던 카페에서 만났다. 승철이는 며칠 전 여자 친구와 헤어졌다며 침울한 표정을 짓고 있었다. 늘 마시던 대로 나는 바닐라라떼, 승철이는 아메리카노를 시켰다. 그는 힘겹게 입을 뗐다.

"자존감 올리려면 어떻게 해야 되냐? 나 지금 너무 힘든데."

"음, 글쎄 일단 원인부터 제대로 알아야지. 뭐 때문에 떨어졌는지."

"그다음엔?"

"근본적으로 해결할 수 있는 문제인지 따져보고 계획을 세워야 돼. 만약 당장 해결 불가능한 문제라면 간접적으로 올릴 수 있는 일들을 생각해봐야 하고."

이어 통명스러운 대답이 돌아왔다.

"뭐 간단하게 한 번에 올릴 수 있는 방법은 없냐? 복잡하고 어려운건 딱 질색이야."

"그런 방법이 있으면 세상에 자존감 낮은 사람이 어디 있냐? 그래서 어려운 거야. 올리려면 나 자신도 잘 이해하고 시간과 노력도 필요해. 다 대가가 있어."

그는 별 관심이 없다는 듯 이내 다른 이야기를 꺼냈고 아메리카노의 얼음이 다 녹을 때쯤 우린 헤어졌다.

피부가 막 안 좋아지기 시작했을 때, 그제야 내가 지

성피부라는 걸 알게 됐다. 화장품이 맞지 않으면 여드름이 생길 수도 있다는 말을 듣고 수십 가지 제품을 써 봤다. 100만 원을 넘게 쓰고 나서야 비로소 나에게 맞는 제품을 찾을 수 있었다. 이렇게 화장품을 찾는 데도 수많은 시행착오를 겪는데 자존감을 올리는 일이 하루아침에 될 수 있을까.

승철이는 어제 또 SNS에 '자존감 올리는 책'을 추천해 달라며 글을 올렸다. 이 책을 출간하면 제일 먼저 선물할 생각이다.

운동을 통해 멋진 몸을 얻어서, 관심 있는 분야의
자격증을 따서, 아침에 늦잠 자서 택시 타지 말자는
나와의 약속을 지켜서 등등.
중요한 건 우리는 나의 두발 자전거처럼
어릴 때부터 크고 작은 성취를
단련하면서 자랐다는 사실이다.

해냈다는
자신감

태어나서 처음 혼자 힘으로 해낸 일이 있다. 초등학교 2학년 때 일이다. 네발자전거에서 보조 바퀴를 떼고 두발자전거로 바꿔 타기 시작했다. 처음에는 적응하지 못해서 넘어지고 다치기 일쑤였다. 어린 나이에 힘들고 그만두고 싶었지만 친구들도 다 해내는 일을 포기할 수 없더라. 울면서도 계속 도전했다. 그 당시 무릎에는 항상 상처가 있었다.

2주 정도가 흐르고 결국 두발자전거를 능숙하게 탈 수 있었다. 그 과정은 처음 느껴보는 성취였다. 그 성취감은 할 수 있다는 자신감을 높였고 자존감 또한 올라갔다. 덕분에 해보지 않은 일투성이인 어린 나에게 큰 두려움 없이 헤쳐 나갈 수 있는 힘을 줬다.

이처럼 작게나마 성취감을 맛본 사람은 다른 일에서도 큰 힘을 발휘한다. 어떤 일을 할 때 힘들고 지치는 상황이 오더라도 부딪쳐보고 결국 해낸다. 그래서 어떤 분야든 명문대를 졸업한 사람을 좋게 본다. 그 사람은 어릴 때부터 자신을 절제하고 공부해서 원하는 목표를 이뤘으니까. 성취라는 근육을 이미 단련해본 사람이다. 다른 일도 곧잘 해낼 거라고 기대한다. 비단 일뿐만이 아니다. 연애에서도 그렇다. 성취감을 경험해본 사람은 마음에 드는 이성에게 적극적으로 대시해서 사랑을 쟁취할 확률이 높다고 한다.

성취를 얻을 수 있는 일은 굉장히 많다. 운동을 통해 멋진 몸을 얻어서, 관심 있는 분야의 자격증을 따서, 아침에 늦잠 자서 택시 타지 말자는 나와의 약속을 지켜서 등등. 중요한 건 우리는 나의 두발 자전거처럼 어릴 때부터 크고 작은 성취를 단련하면서 자랐다는 사실이다.

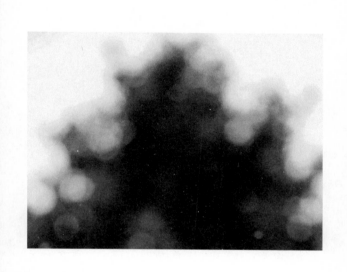

그 과정은 '나는 어쩔 수 없나 보다.'라고 자책하며 자신을 미워하는 계기가 된다. 내가 지금껏 가장 나다웠다고 생각한 삶은 남들 기준에 맞춰 살았던 때가 아니다. 그저 하루하루 느끼는 감정에 충실한 삶이다. 무리해서 달라지려고 하지 않아도 된다.

이상적인 사람이
아니어도 좋다.
그게 나니까

나는 밤에는 늦게 자고 아침엔 일찍 일어나는 피곤한 인간이다. 아침에는 항상 '어제 일찍 좀 잘 걸.' 후회하고 낮에는 회사에서 '오늘은 꼭 10시 안에 자야지.'라며 다짐하기를 반복한다. 하지만 잘 시간만 되면 '벌써 자기엔 시간이 너무 아깝다'며 침대에 눕는 걸 미룬다. 아니면 막상 누워도 잠이 오질 않는다.

이런 일이 반복되다 보니 일에 능률도 떨어지고 몸도 안 좋아지는 기분이 들었다. 더군다나 성공하는 사람은 다들 일찍 자고 일찍 일어나는 아침형 인간이라기에 나를 바꾸기로 마음먹었다.

퇴근 후에는 운동도 하고 자기 전에 따뜻한 우유도 마셨다. 거기에 수면 안대까지. 약 일주일간은 귀신같이 밤 10시에 눈이 감겼다. '드디어 나도 달라졌구나.' 생각했다. 그러나 주말에 친구들과 만나 늦게까지 놀고 나면 그다음 주는 언제 그랬냐는 듯 다시 피곤한 인간이 됐다.

한번은 온전한 나로 살지 않아서 자존감이 낮아진다는 글을 읽었다. 거기에는 본래의 모습대로 사는 방법 수십 가지가 있었다. 읽을 때는 고개가 절로 끄덕여지지만 막상 현실에서는 적용하기 어려웠다. 그럴 수밖에 없는 게 사람마다 상황이 다르고 성격이 다른 탓에 글에 나와 있는 방법은 '본래의 나'가 아니라 '본래 글쓴이' 모습에 가까웠기 때문이다. 결국 그 또한 남의 기준이 아니던가.

'사람은 고쳐 쓰는 거 아니다.'라는 말처럼 사람은 변하지 않는다. 내가 잠깐 아침형 인간이 된 건 수면습관이 바뀌어서 그런 거지 본래 가진 성격이 변한 게 아니다. 그래서 계속 원래 수면패턴으로 돌아가는 것이다.

하다못해 체질도 그렇다. 다이어트를 해서 살이 빠지는 것도 생활 습관이 바뀐 거지 타고난 체질이 변한 게 아니다. 한번 커진 지방세포는 줄지 않는다. 그래서 요요가 온다.

오히려 그 과정은 '나는 어쩔 수 없나 보다.'라고 자책하며 자신을 미워하는 계기가 된다. 내가 지금껏 가장 나다웠다고 생각한 삶은 남들 기준에 맞춰 살았던 때가 아니다. 그저 하루하루 느끼는 감정에 충실한 삶이다. 무리해서 달라지려고 하지 않아도 된다. 변하지 않을 뿐더러 오히려 실망과 좌절을 겪는다.

그렇다면 나는 평생 피곤한 하루를 보내야 할까? 아니다. 주어진 상황과 조화를 이루면 된다. 나는 여전히 늦게 자고 일찍 일어나지만 점심시간에 잠깐 낮잠 자는 습관을 들여서 더 이상 전처럼 피곤하지 않은 것처럼. 바꿀 수 없다면 적응하는 게 답이다.

가끔 비극적인 일을 겪은 유명인이 오랜만에 방송에
나와서 "정말 슬펐지만 남을 돕는 일로 극복할 수
있었습니다."라고 말하는 것도 이와 비슷한 경험일
것이다. 좋은 일은 나의 가치를 높여준다.
가치 있는 사람이라는 사실을 증명할 수 있는
멋진 기회를 놓치지 말자.

쓸모 있는 사람이라는
뿌듯함

남을 돕는 일은 정말인지 쉬우면서도 어렵다. 막상 해보면 별거 아니라는데 마음먹고 시도하기가 어렵다. 나도 그런 사람 중 한 명이다. 기부를 하자니 당장 내가 쓸 돈이 없고 찾아가서 봉사를 하자니 쉴 시간이 없다. 여태까지 했던 좋은 일이라고는 학교 다닐 때 어쩔 수 없이 단체로 갔던 봉사활동이 전부다.

20대 중반이 되고 여드름과 탈모가 동시에 나를 찾아왔을 때. 거울만 보면 우울했다. 아니 죽고 싶었다. 더 이상 연애를 하거나 사진을 찍을 수 없을 것만 같았다. 밤마다 침대에 누워 내가 죽고 난 후의 일을 상상했다. 유언이나 나를 묻을 장소 같은 것들.

그러다가 문득 생각했다. '어차피 죽어서 썩어 문드러질 텐데 죽어서라도 다른 사람에게 도움이 되자.' 그다음 날 바로 장기기증과 조직기증을 신청했다. 역설적이게도 좋은 일을 절망과 탄식 속에서 시작했다. 하지만 그 일은 의외의 효과를 불러왔다.

그전까지는 '쓸모없는 사람' '이룬 거 없는 사람'이라며 나를 비난했다. 그러나 기증을 신청한 후부터는 '나도 쓸모 있는 사람' '남에게 도움이 될 수 있는 사람'으로 바뀌었다. 신분증에 붙어 있는 장기기증 스티커를 볼 때마다 뿌듯했다. 덩달아 자존감도 조금씩 높아지기 시작했다. 그때부터는 시간이나 돈이 거의 들지 않는 조혈모 세포 기증과 헌혈도 했다.

나뿐만이 아니다. 가끔 비극적인 일을 겪은 유명인이 오랜만에 방송에 나와서 "정말 슬펐지만 남을 돕는 일로 극복할 수 있었습니다."라고 말하는 것도 이와 비슷한 경험일 것이다. 좋은 일은 나의 가치를 높여준다.

가치 있는 사람이라는 사실을 증명할 수 있는 멋진 기회를 놓치지 말자.

한창 유행했던 말 '저기압일 땐 고기 앞으로 가라'는
말이 어느 정도 일리가 있는 말 같다. 그래서 나는 몸이
아플 때 죽을 먹는 것처럼 마음이 아플 때 고기를 챙겨
먹는다. 좋아하는 사람들, 적당한 술과 함께.

저기압일 때는
고기 앞으로 가라

사업 실패 후 1년간은 집에만 있었다. 밖에 나갈 돈도 없을 뿐더러 그럴 기분도 아니었으니까. 아침에 일어나서 아르바이트를 간 후에 점심쯤 들어왔다. 대충 점심을 때우고 빈둥대다가 저녁을 먹고 잔다. 그게 하루 일과의 전부였다. 생활만큼 식사도 단출했다. 혼자 살아 보면 안다. 과일이나 고기가 얼마나 비싼지. 그 덕에 내 밥은 항상 라면이나 편의점 도시락 같은 인스턴트였다.

그렇게 몇 달을 먹다 보니 슬슬 몸이 안 좋아지는 게 느껴지더라. 문제는 몸뿐만 아니라 정신도 피폐해졌다. 자존감은 바닥이 아니라 지하쯤 됐고 가만히 앉아 있는

데도 불안한 느낌이 계속 들었다. 밀린 월세 때문에 집주인이 또 찾아오지는 않을까? 휴대폰이 울리면 빚 독촉 전화일까 봐 두려웠다. 밤에도 자주 깨고 스트레스 때문인지 눈 밑과 근육이 파르르 떨렸다.

그러던 어느 날 반가운 한통의 전화가 왔다. 친구 의현이에게 온 전화다. 왜 요즘 연락이 뜸하냐는 질문에 이런저런 내 사정을 이야기했더니 다음 날 곧바로 찾아왔다. 차를 몰고 한 시간 거리에서 달려온 의현이 손에는 영양제 몇 통이 들려 있었다.

"텔레비전에서 보니까 눈 밑이나 근육이 떨리는 건 마그네슘이 부족해서래. 또 아연이나 철분이 우울감이나 불안증세에 도움이 된다고 하더라 잘 챙겨먹어."

알약을 좋아하지 않지만 친구를 생각해서 꾸준히 먹었다. 플라시보 효과인지 정말 효능이 있었는지 모르겠지만 한 달 후부터는 우울감이나 불안감이 줄었다. 확실히 잠도 더 푹 잤다. 나중에 검색해보니 마그네슘이나 아연, 철분이 부족하면 기분장애를 일으킬 수도 있을 정도로 정신건강과 관련이 깊다고 한다.

시간이 지나 지금은 따로 영양제를 먹지는 않는다. 대신 세 성분이 많이 들어 있는 고기나 우유를 자주 먹는다.

그러고 보면 한창 유행했던 말 '저기압일 땐 고기 앞으로 가라'는 말이 어느 정도 일리가 있는 말 같다. 그래서 나는 몸이 아플 때 죽을 먹는 것처럼 마음이 아플 때 고기를 챙겨 먹는다. 좋아하는 사람들, 적당한 술과 함께.

한 시간 정도 운동을 하고 나면 겨울에도 땀범벅이 된다. 힘도 빠지고 피곤하지만 이상하게 기분은 좋아진다. 거기에 하루하루 무게와 개수를 늘려가며 몸이 커지는 걸 직접 확인하니 성취감이 크게 느껴졌다. 6개월 정도가 지나자 몸과 마음에 많은 변화가 생겼다. 둥치가 커진 건 물론이고 다른 일도 운동처럼 차근차근 하면 해낼 수 있겠다는 자신감까지 얻었다.

운동으로
마음의 건강도 채우기

　나는 살이 잘 붙지 않는 체질이다. 게다가 어머니를 닮아 뼈도 얇다. 덕분에 어릴 적부터 왜소했다. 살이 찐다는 보약도 여러 번 먹어봤지만 글쎄. 중학생 때부터는 마른 게 스트레스가 됐다.

　성인이 돼도 여전했다. 오랜만에 만난 어머니 친구들은 "왜 이렇게 말랐어? 그래 가지고 힘이나 있겠어?"라며 한마디씩 했다. 아르바이트 면접이라도 가면 최대한 가려서 체형을 가늠할 수 없게 했다. 사계절 중 반팔을 입어야 하는 여름이 제일 싫다. 자연스럽게 자신감이 떨어졌다.

그러던 어느 날 보건소에 보건증을 떼러 가는 친구를 따라갔다. 친구는 순서를 기다리고 나는 이리저리 돌아다니며 구경을 하다가 체형분석을 했다. 예상한 대로 골격근과 체중 모두 평균치에 미치지 못했다. 충격적인 건 더 나이를 먹으면 남성호르몬이 떨어져 근육을 만들기 어렵다는 직원의 말이었다. 그날 밤 침대에 누워 SNS에서 '운동'을 검색했다. 수도 없이 많은 사진이 있었는데 사람들 얼굴에 하나같이 자신감이 넘쳐 보였다.

이튿날 바로 피트니스 클럽에 등록했다. 몇 주간은 기구 사용법이나 제대로 된 자세를 알지 못해 힘들었다. 그럴 때마다 기구 앞에서 머뭇거리며 초보티를 팍팍 내면 얼핏 봐도 운동깨나 한 듯한 근육질의 형님들이 다가왔다. "이건 그렇게 하는 거 아니야. 나 하는 거 봐봐." 하며 열정적으로 가르쳐줬다. 덕분에 빨리 배울 수 있었다.

한 시간 정도 운동을 하고 나면 겨울에도 땀범벅이 된다. 힘도 빠지고 피곤하지만 이상하게 기분은 좋아진다. 거기에 하루하루 무게와 개수를 늘려가며 몸이 커지는 걸 직접 확인하니 성취감이 크게 느껴졌다. 6개월 정도가 지나자 몸과 마음에 많은 변화가 생겼다. 등치가 커진 건 물론이고 다른 일도 운동처럼 차근차근 하면 해낼 수 있겠다는 자신감까지 얻었다.

운동은 나처럼 왜소한 사람은 물론이고 뚱뚱한 사람 그리고 평범한 사람에게도 좋다. 성형, 부자, 인맥왕 같이 상대적으로 시도하기 어려운 일보다 적은 돈과 시간으로 건강과 자존감까지 챙길 수 있다. 제일 쉬운 자존감 운동으로 자신을 사랑할 수 있는 계기를 만들어보는 건 어떨까.

뜨거운 건 언젠가 식게 마련이다. 뜨거우면 뜨거울수록
더 빨리 식는다. 그렇게 열정 담금질을 하다 보면
자존감은 점점 내려간다. '나는 왜 무엇 하나 제대로
마무리 짓지를 못하지?' 라는 생각이 자신을 괴롭히기
때문이다.

"나는 왜 무엇 하나 제대로
마무리 짓지를 못하지?"
라고 생각한다면

　나는 매사에 열정적이다. 한번 마음을 먹으면 당장 내
일, 늦어도 다음 주에는 시작한다. 그렇게 많은 일을 시
작했지만 대부분은 제대로 마무리하지 못했다. 사진을
배우겠다며 산 카메라는 1년 내내 먼지만 쌓여 있고 클
래식 기타는 3주 만에 창고로 들어갔다. 그나마 토익공
부는 3달쯤 했나?

　이런 내 성격을 잘 알고 있다. 그래서 작가가 되겠다
고 마음먹기가 어려웠다. 분명 지금은 열정에 가득 차
평생 직업으로 삼고 지속할 수 있다고 생각하지만 언젠
가 다른 일처럼 식어버리는 순간이 오게 마련이니까. 아

무리 좋아하는 일이라고 한들 직업이 되면 힘들어진다. 게임이 좋아 프로게이머가 된 사람이 게임도 직업이 되니 힘들다고 말하는 것처럼.

그러나 글을 쓰기로 마음먹고 몇 년이 지났다. 나는 지치지 않고 매일 글을 쓴다. 한국에서도 유명한 일본인 소설가 무라카미 하루키는 매일 새벽에 일어나 커피 한 잔을 마시며 200자 원고지 20매를 쓴다고 한다. 따라 해 봤지만 게으르고 부족한 집중력 탓에 힘들었다. 나는 시간이나 분량에 구애받지 않고 하루에 다섯 주제씩 쓴다.

뜨거운 건 언젠가 식게 마련이다. 뜨거우면 뜨거울수록 더 빨리 식는다. 그렇게 열정 담금질을 하다 보면 자존감은 점점 내려간다. '나는 왜 무엇 하나 제대로 마무리 짓지를 못하지?'라는 생각이 자신을 괴롭히기 때문이다.

언젠가 차갑게 식어버릴 열정보다 중요한 건 지속력이다. 불같은 열정을 가졌다고 한들 얼마 못가 그만둬버리면 의미가 없으니까. 더군다나 한 가지 일을 오랫동안

하려면 지루하거나 힘들다고 생각하지 않아야 한다. 내가 글쓰기를 지속할 수 있는 건 남들처럼 많이 쓰거나 잘 쓰려고 노력하지 않기 때문이다. 별다른 스트레스를 받지 않는다. 그렇다 내 글쓰기는 애초에 뜨거운 적이 없어서 식을 일 또한 없다. 즐거운 마음으로 1년에 책 한 권씩 쓰면서 사는 게 꿈이다.

나는 결혼 잘 하고 잘 지내라며 안부 인사를 건네고
자리에서 일어났다. 내가 돌아서려는 순간 그녀가
말했다. "그런데 호준아⋯ 너무 의기소침해 하지 마.
피부는 그냥 네 일부야. 너는 그것 말고도 가진 게 많은
사람이야." 그날 일은 지금까지도 내 자존감을
올려주는 소중한 기억이다.

단점 하나에
나의 좋은 점을
지나치지 말기를

　여드름이 한창 얼굴을 덮고 있을 때 일이다. 그날도 외출 준비를 하고 나가기 전에 거울을 봤다. 덕지덕지 나 있는 여드름을 보면서 세상에 대한 원망과 '이제 내 얼굴은 끝이야.'라며 좌절을 반복했다. 볼이라도 좀 가려보겠다며 검정색 마스크를 하고 서점에 갔다.

　제일 먼저 이번 주 베스트셀러를 확인했다. 지난주와 별 다를 게 없는 걸 확인하고 구입하려 메모장에 적어둔 책을 찾았다. 목차부터 차례차례 훑어보고 있는데 누군가 내 어깨를 툭툭 쳤다. 나는 귀에 꽂고 있는 이어폰 음악소리가 옆까지 새어나가는 줄 알았다. 재빨리 볼륨버

튼을 연거푸 누르며 돌아봤다. 예상한 것처럼 볼륨 문제
는 아니었지만 화들짝 놀랐다. 몇 년 전 만났던 그녀가
있었다.

세상에 아름다운 이별이 어디 있겠는가. 다만 인사조
차 하기 싫을 만큼 나쁘게 헤어지지는 않았던 사람이다.
헤어졌던 날 이후 처음으로 본다. 머릿속이 갑자기 하얘
져서 멀뚱멀뚱 보고만 있다가 "잠깐 시간 되면 앞에서
커피나 한잔 어때?"라는 말에 정신을 차리고 서점을 나
섰다.

바닐라라떼와 카푸치노. 시간이 지났지만 둘 다 취향
은 그대로였다. 바뀐 게 있다면 내 피부 정도? 커피를
마시기 위해 마스크를 벗어야 했다. 벗기 전에 미리 말
했다.

"나 요즘 피부가 많이 안 좋아졌어. 놀라지 마." 그녀
는 덤덤하게 알겠다고 답했다.

머뭇거리다가 결국 마스크를 벗었다. 시선이 내 볼로
집중되지 않도록 곧바로 이야기를 꺼냈다. 서로 잘 지냈
냐는 어색한 인사 후 근황 이야기를 했다. 그녀는 최근
남자 친구와 결혼을 준비한다고 했다. 약간 씁쓸한 마음
이 들기도 했지만 이제는 아무런 감정도 남아 있지 않는

사이이기에 진심으로 축하했다.

／

　이런저런 이야기를 하던 중 그녀는 전화를 받았다. 남자 친구가 데리러 오기로 했다며 먼저 가봐도 되겠냐고 물었다. 나는 결혼 잘 하고 잘 지내라며 안부 인사를 건네고 자리에서 일어났다. 내가 돌아서려는 순간 그녀가 말했다. "그런데 호준아… 너무 의기소침해 하지 마. 피부는 그냥 네 일부야. 너는 그것 말고도 가진 게 많은 사람이야." 그날 일은 지금까지도 내 자존감을 올려주는 소중한 기억이다.

　그전까지 나는 피부가 내가 가진 전부라고 생각했다. 자존감이 낮아지면 마음도 쪼그라들어서 그런지 작은 결점도 크게 보인다. 그래서 다른 장점은 까맣게 잊고 살았다. 요즘은 거울을 보다가 피부 때문에 속상할 때마다 되뇐다.

　"괜찮아, 나는 피부 말고도 가진 게 많은 사람이니까."

남들에게는 위로하고 예의를 차리면서 정작 나에게는
머리를 쥐어뜯으며 비난했던 과거가 떠올랐다.
말에게도 당근과 채찍을 준다는데 내게는 항상 채찍만
준 게 아닌가. 그 후부터는 실수했을 때 충분히 반성한
후에 "그래 괜찮아. 그래도 다음부턴 잘하자."라며
나를 용서했다. 반대로 잘한 일이 생기면 적절한
보상을 해줬다.

그 누구도
해주지 못한 격려를
나에게 해줍시다

언젠가 유튜브에서 김제동 씨의 인터뷰를 봤다. 주제
는 '나를 위로하는 방법'이었는데 내용은 이렇다. 몇 년
간 생각해본 결과 '자신이 자신에게 좀 잘해주자.'라는
결론을 내렸다고 한다. 밖에서는 항상 예의를 갖추자고
하면서 정작 자신에게 예의를 갖추는 경우는 드물기 때
문에.

딴 사람에게는 안 그러면서 자신에게는 "아이고 인간
아~ 아이고 새끼야 ~ 네가 그렇지. 그럴 줄 알았다."처
럼 막 대한다는 것이다. 그러나 세상에서 내 마음을 가
장 잘 아는 건 자신이다.

그래서 가끔 혼자 머리를 쓰다듬으면서 "제동아 고생했다 애썼다. 내가 네 마음 안다."라고 말하면 '이거 내가 미쳤나?'라는 생각이 드는데 자신은 '그렇게 하는 사람이 미친 게 아니라 인간은 그렇게 하지 않으면 미친다'는 결론을 내렸다고 한다.

　격하게 공감이 됐다. 남들에게는 위로하고 예의를 차리면서 정작 나에게는 머리를 쥐어뜯으며 비난했던 과거가 떠올랐다. 말에게도 당근과 채찍을 준다는데 내게는 항상 채찍만 준 게 아닌가. 그 후부터는 실수했을 때 충분히 반성한 후에 "그래 괜찮아. 그래도 다음부턴 잘하자."라며 나를 용서했다. 반대로 잘한 일이 생기면 적절한 보상을 해줬다. 먹고 싶었던 음식이나 혹은 갖고 싶었던 물건을 내게 선물하며 "다음에도 잘할 수 있어."라고 스스로를 격려했다.

　인생에서 가족, 친구는 중요한 존재다. 하지만 그들보다 '나' 내 자신은 그 누구보다 소중하고 잘 챙겨야 할 사람이다.

나와 친하게 지내자. 용서하고 격려하면서. 결국 내
옆에 남는 건 나밖에 없으니까.

4

내 자존감을 깎아먹는 것들

모두 거절할게요

앞에서 언급했던 두 번의 사업도 망했고 처음 글을
쓰기 시작했을 때 낸 시집도 망했다. 아직 단 한 번도
성공한 적이 없다. 넘어질 때마다 자존감이 무너졌지만
그때마다 잃기만 한 건 아니더라.

아무것도 아닌
경험은 없다

나는 실패의 아이콘이다. 가장 처음으로 기억하는 실패는 초등학교 전교회장 선거였다. 당시에 경쟁자도 거의 없었을 뿐더러 같은 학년 친구들과 사이도 좋아서 당연히 될 거라고 생각했다. 그런데 보기 좋게 떨어졌다. 선거 결과를 듣고 텅 빈 교실에서 담임선생님과 엉엉 울었던 기억이 있다.

성인이 되고서는 무수하게 많다. 제일 먼저 원하는 대학교에 가지 못했다. 스물다섯에는 친구들 대부분이 준비했던 공무원 시험도 응시했다. 첫 시험에서 좋아하는 과목 두 개 외에는 택도 없는 점수가 나왔고 내 길이 아니라고 생각해 접었다. 그 외에도 앞에서 언급했던 두 번의 사업도 망했고 처음 글을 쓰기 시작했을 때 낸 시집도 망했다. 아직 단 한 번도 성공한 적이 없다. 넘어질 때마다 자존감이 무너졌지만 그때마다 잃기만 한 건 아니더라.

첫째, 내가 좋아하는 일을 알게 됐다. 사업, 공부 등 여러 가지 분야에 도전했다. 실패해보니 그중에 정말 좋아하는 일이 글쓰기라는 걸 알게 됐다.

둘째, 멘탈이 강해졌다. 새로운 일을 시작할 때나 넘어진 후에 다시 일어날 때, 강한 정신력이 필요하다. 이제는 망설이거나 지나치게 좌절하지 않는다.

셋째, 좋은 아이디어를 얻었다. 실패할 때마다 '항상 다음엔 뭘 하지?' '나는 뭘해 먹고 살지?' 같은 생각을 많이 했다. 절박함 때문인지 그때마다 좋은 아이디어가 생각났다. 하나씩 실천하고 있다.

넷째, 실패는 다음 도전을 위한 계단이 된다. 같은 분야라면 더 좋다. 전에 패한 요인을 분석하고 다시 시작하면 처음 시도하는 사람보다 훨씬 빠르고 안정적으로 도약할 수 있다. 노력했던 시간과 경험은 어디 가지 않으니까.

그만큼 속에 있는 말을 밖으로 꺼내는 일이 우선돼야
한다. '시작이 반이다.'라는 말처럼. 낮은 자존감,
우울증, 무기력함 등 어떤 증상이든 털어놓고
자각하는 일만으로도 반은 성공한 걸지도 모른다.
적어도 마음건강에서만큼은.

답은 항상
내 안에 있었다

SNS에 한창 글을 쓸 때. 고민상담을 많이 했다. 내 앞가림도 잘 못하긴 하지만 워낙 이야기 듣는 걸 좋아하기도 하고 사람들과 걱정도 나누고 싶었다. 1년간 900여 명과 대화를 했다.

여러 사람을 봤지만 고민 주제는 대부분 비슷하다. 사는 건 다들 비슷하니까. 사실 나는 별다른 해결책을 제시해주지 않았다. 내가 한 일이라고는 잘 들어주고 공감하는 것뿐이었는데도 사람들은 항상 "그래도 말하고 나니까 좀 나아졌어요."라며 고맙다고 했다.

지금 생각해보면 그때쯤 나도 자존감이 낮은 시기였

다. 이야기를 듣고 비슷한 내 경험을 말하면서 나 또한 치유하고 있었다. 이처럼 가벼운 우울감은 다른 사람에게 털어놓기만 해도 어느 정도 해소될 수 있다. 그래서 평소에도 마음이 잘 맞고 이야기를 잘 들어주는 상대를 만드는 일은 굉장히 중요하다. 친구, 연인, 가족 누구든 좋다. 만약 주변에 말할 상황이 되지 않는다면 상담소나 정신과를 방문하는 것도 좋은 방법이다.

하지만 결국 병원도 상담센터도 대화에 기초한다. 마음속에 있는 말을 밖으로 꺼내는 일이 우선돼야 한다. '시작이 반이다.'라는 말처럼. 낮은 자존감, 우울증, 무기력함 등 어떤 증상이든 털어놓고 자각하는 일만으로도 반은 성공한 걸지도 모른다. 적어도 마음건강에서만큼은.

지금은 완벽한 직장을 찾아 이직을 준비했던 시간이
조금은 후회된다.
그 과정에서 나름 괜찮았던 직장을 놓치기도 했다.
이 사실을 좀 더 빨리 알았으면 좋았겠지만
지금이라도 알았으니 됐다.
세상에 나와 딱 맞는 곳은 없다.
그나마 맞는 점이 많고 단점이 적은
차악의 단체만 있을 뿐.

이 정도만
나와 맞으면
괜찮다는 생각

첫 직장은 사원수가 10명 남짓한 작은 회사였다. 나는 인터넷 광고를 맡아 대행하는 마케팅 업무를 했다. 신입이었기에 연봉도 짰지만 야근도 거의 없고 집도 가까운 편이어서 다닐 만했다.

그런데 단 한 가지 견디기 힘든 일이 있었다. 바로 또라이 같은 직장상사 때문이다. 자기 일을 아무렇지 않게 나에게 시키는 건 물론이고 커피 심부름에 욕까지 서슴지 않으며 온갖 부조리를 부렸다. '선배들 말대로 직장이라는 게 장난이 아니구나.' 생각하며 몇 개월은 참고 견뎠다. 하지만 날이 갈수록 괴롭힘은 심해졌다. 6개월이 되던 달에 퇴사했다.

그 후 바로 이직했다. 이번엔 사원수가 50여 명 정도 되는 중소기업이었고 사수도 두 살 많은 착한 형이었다. 일찍 결혼을 해서 예쁜 아이가 있는 그는 나와도 잘 지냈다. '이제야 맞는 직장을 찾았다'며 내심 안도했지만 오래가지 못했다. 이번엔 업무 강도가 문제였다. 매일 10시까지 야근은 물론이고 토요일에도 격주로 출근해야 했다. 첫 번째 직장보다 연봉은 조금 더 많았지만 고작 한 달 10여만 원이 는 것에 비해 근무시간은 두 배로 늘었다. 퇴직금을 받기 위해 1년을 버텼고 채우자마자 나왔다. 부족한 잠과 스트레스로 건강을 잃었다.

어딘가에는 나와 딱 맞는 직장이 있을 거라고 믿었다. 하지만 그 후로도 어딜 가든 내 기준과는 달랐다. 회식을 너무 자주하는 곳, 연봉이 터무니없이 적은 곳 등등. 심지어 장사를 할 때도 마찬가지였다. 아르바이트생을 뽑으면 하루 만에 나오질 않거나 매일 지각했다. 술에 취해서 나를 때리는 손님도 많았다. 내 생각과 다르기 일쑤였다. 생각해보면 여태 내 입맛에 딱 맞는 조직은 없었던 것 같다. 잠깐 나갔던 독서모임부터 대학교 동아리까지 모두 단점이 있었으니까.

지금은 완벽한 직장을 찾아 이직을 준비했던 시간이 조금은 후회된다. 그 과정에서 나름 괜찮았던 직장을 놓치기도 했다. 이 사실을 좀 더 빨리 알았으면 좋았겠지만 지금이라도 알았으니 됐다. 세상에 나와 딱 맞는 곳은 없다. 그나마 맞는 점이 많고 단점이 적은 차악의 단체만 있을 뿐.

학창시절에는 책이 너무 두꺼워 펴볼 엄두도 나지
않았던 한국사를 내 돈으로 결제해서 공부하고 있다.
한창때는 그리도 싫던 일들이 지금은 좋다. 학창시절에
는 어른들이 "모든 건 다 때가 있다."라며 겁을 줬다.
그 말은 내 자존감을 떨어뜨렸다.
마치 10대가 지나면 대학에 가지 못하고
30대가 지나면 결혼하기 힘들다는 협박처럼 들렸다.

누구에게나
자기만의
타이밍이 있다

6살 겨울 처음으로 피아노 학원에 갔다. 사실 바이올
린을 배우고 싶었는데 어머니가 학원비가 더 비싸다며
반대했다. 나는 기본적으로 음감이나 박자감이 없기 때
문에 당연히 한 곡을 완주하기까지 굉장히 오래 걸렸다.
수업 시간은 항상 지루하게만 느껴졌다. 초등학교에 입
학하고 나서도 매일매일 학원에 갔다. 3학년쯤이 되니
흥미를 점점 잃어 더욱 가기 싫었다. 급기야 갖은 핑계
를 대며 학원에 빠졌다. "엄마 나 배가 너무 아파." "놀다
가 넘어져서 팔이 다쳤어. 움직이기 힘들어." 같은 속이
빤히 들여다보이는 이유로. 시간이 지나 5학년 여름쯤

학원에 보내지 못할 정도로 가세가 기울자 그만둘 수 있었다. 그 후에 집에 있던 피아노도 팔았다. 한동안 잊고 살았다.

시간이 지나 성인이 됐다. 가끔 휴대폰을 하다가 피아노를 연주하는 동영상을 본다. 그때마다 그렇게도 치기 싫었던 피아노가 다시 치고 싶어진다. 사람이 악기 하나는 다룰 줄 알아야 한다는데 내게는 유일하게 피아노뿐이기도 하고. 여가시간에 의미 없이 앉아서 텔레비전을 보는 것보다 뭐라도 배우는 게 훨씬 낫다고 생각했다.

마음을 먹고 동네에 있는 학원에 갔다. 세월이 지났지만 연주하는 방법이나 교재는 변함이 없었다. 나는 악보 보는 방법조차 기억하지 못했다. 그래도 5년 동안 배운 덕분인지 수업을 곧잘 따라갔다. 원장님은 "15년 만에 치는 사람치고 잘하시네요?"라며 어릴 때는 듣지 못했던 칭찬도 해줬다.

비단 피아노뿐만이 아니다. 학창시절에는 책이 너무 두꺼워 펴볼 엄두도 나지 않았던 한국사를 내 돈으로 결제해서 공부하고 있다. 한창때는 그리도 싫던 일들이 지금은 좋다. 학창시절에는 어른들이 "모든 건 다 때가 있다."라며 겁을 줬다. 그 말은 내 자존감을 떨어뜨렸다. 마치 10대가 지나면 대학에 가지 못하고 30대가 지나면 결혼하기 힘들다는 협박처럼 들렸다.

요즘은 나이를 불문하고 대학에 진학하는 만학도가 늘고 있다. 30대가 넘어서 결혼하는 사람도 어렵지 않게 볼 수 있다. 결국 어른들이 말한 '그때'는 그들이 바라는 시기일 뿐. 언제든 '내가 원할 때' 하고 싶은 일을 하면 되지 않을까.

그날 친구들과 만나고 집에 오는 길 발걸음이
무거웠다. 다들 행복하게 잘 살고 있는데
나만 혼자 뒤처져 있는 기분이 들었다.
씁쓸한 마음을 안고 집에 들어왔다.
옷을 갈아입고 바닥에 앉아 있는데
구석에 놓인 스티커가 보였다.
나랑 비슷한 처지 같아서
위에 쌓인 먼지를 털어줬다.

자기 자리를
찾는 데는
시간이 걸리는 법

두 번째 사업을 그만두기로 결정하고 제일 먼저 홈페이지부터 닫았다. 닫기 전에 마지막으로 고객들이 남겨준 상품평을 봤다. 부족했음에도 불구하고 다음에 또 구매하겠다는 글을 보니 만감이 교차했다. 그다음엔 수지타산을 따져봤다. 지금까지 투자한 돈과 수익 그리고 빚진 돈까지 열심히 계산기를 두들긴다. 이미 적자인 걸 알고 부채가 훨씬 많아 파산이라는 걸 안다. 그럼에도 기계나 부자재같이 팔 수 있는 물건의 중고 가격을 검색해보며 희망고문을 해본다.

다음 날에는 국세청에 폐업신고를 했다. 매출이 적

어 낼 세금도 거의 없다. 인터넷으로 30분 정도면 끝난다. 문제는 통신판매업 폐업이다. 인터넷에서 물건을 팔려면 구청에 통신판매 허가를 받아야 한다. 신고할 때도 직접 방문해서 증명서를 받아와야 하는데 폐업할 때도 원본을 반납해야 한다. 다소 귀찮은 절차다.

이제 남은 건 구입했던 물건을 중고로 파는 일이다. 평소에 잘 쓰지 않는 물건을 자주 판매해봐서 그리 어렵지 않았다. 다행히도 제일 비싸게 주고 산 기계는 반값을 받을 수 있었다. 무게가 20킬로그램이 넘어서 차를 몰고 직접 받으러 와야 한다. 구매자는 대학교 앞에서 사진관을 운영하는 사람이었다. 그 사람에게 팔지 못하고 남은 부자재도 헐값에 넘겼다.

기계와 부자재가 빠지니 먼지만 남았다. 청소를 하고 남은 박스를 버렸다. 단 하나 포장지에 붙였던 로고 스티커만 구석에 남았더라. 버릴까? 말까? 고민하다가 추억으로 남겨두자고 생각하고 그 자리에 뒀다.

그렇게 있는지도 모르고 몇 달이 지났다. 주말에 밖에

나갈 준비를 하고 검정색 면바지를 입었는데 먼지가 많이 붙어 있었다. 테이프로 떼려고 온방을 뒤지며 찾았는데 찾고 보니 심만 남아 있었다. 그냥 나갈까 하다가 문득 스티커가 눈에 들어왔다. 혹시나 해서 먼지를 떼어봤는데 웬걸? 잘 떨어졌다.

그날 친구들과 만나고 집에 오는 길 발걸음이 무거웠다. 다들 행복하게 잘 살고 있는데 나만 혼자 뒤쳐져 있는 기분이 들었다. 씁쓸한 마음을 안고 집에 들어왔다. 옷을 갈아입고 바닥에 앉아 있는데 구석에 놓인 스티커가 보였다. 나랑 비슷한 처지 같아서 위에 쌓인 먼지를 털어줬다. 그러다가 문득 이런 생각을 했다.

'그래, 버리려다가 만 스티커도 이렇게 어디든 쓸 일이 있는데 나도 어딘가 쓰임이 있겠지.' 순간 가슴이 뜨거워졌다.

여러 번의 실패가 사람을 위축시킨다. 하지만 지금까지
살면서 수천, 수만 번 했던 행동을 고치는 일에
어찌 보면 좌절은 당연한 일이다.
명심해야 할 건 서두르지 않아도 된다는 점이다.
중간에 멈추지만 않는다면.

작은 한 걸음이라도
나아가려는 것

삼촌, 할아버지, 이모할머니까지 주변에 담배 피우는 사람이 많았다. 어릴 때는 '저렇게 좋지 않은 냄새가 나는 담배는 절대 피우지 말아야지.'라며 다짐하곤 했었다. 그런데 흡연도 유전이 되는지 스무 살이 되자마자 다짐을 깼다. 매일 반갑 정도를 태웠다. 습관처럼.

냄새도 별로고 건강에도 치명적인 걸 안다. 그런데도 일에 열중하다가 잠깐 밖에 나가 바람을 쐬면서 흡연을 하는 그 시간을 포기할 수가 없더라. 사실 끊을 생각도 없었다. 그런데 나도 모르게 앓은 폐결핵 이후 기관지 확장증이라는 후유증을 얻게 됐다. 내 폐 사진을 본 의사가 "무조건 금연해야 합니다."라고 무겁게 말했다.

심각성을 인식하고 금연을 해야겠다고 마음먹었다. 그러나 담배는 WTO에서 지정한 중독성 마약류 중 하나. 간혹 폐암에 걸려서도 끊지 못하는 환자들이 더러 있다고 들었다. 그 정도로 힘든 일이다.

짧게는 반나절 길게는 50일까지 세어본 것만 34번쯤 시도했다. 웬만한 방법도 다 써봤다. 패치, 껌, 약까지 안 해본 일이 없다. 꼭 잘 참다가 술에 취하거나 힘든 일이 생기면 무너진다. 아무튼 그렇게 2년 정도가 흐르고 '나는 어쩔 수 없나 보다.' 자책하며 포기하기 일보 직전까지 갔다.

단념하려다가 다시 '그래 50번, 100번까지 해보자. 하다 보면 언젠가 되겠지.'라며 마음을 고쳤다. 그 후로도 수십 번 시도하고 실패했다. 횟수가 50번 정도가 됐을 때 끊겠다고 말하고 얼마 못가 담배를 사는 내 자신이 신물 났다. '이제는 좀 그만하자.'라는 생각과 함께 담배를 버렸다. 그날 이후로 지금까지 잘 참고 있다.

나쁜 습관을 바꾸기 위해 노력하는 과정에서 자존감이 낮아지는 건 흔한 일이다. 습관을 바꾸기 위해서는 많은 시간과 노력이 필요한데 그 과정에서 겪는 여러 번의 실패가 사람을 위축시킨다. 하지만 지금까지 살면서 수천, 수만 번 했던 행동을 고치는 일에 어찌 보면 수많은 좌절은 당연한 일이다. 명심해야 할 건 서두르지 않아도 된다는 점이다. 중간에 멈추지만 않는다면.

"산책을 한다고 우울한 증상이 없어지나요?"라고
물을 수 있다. 실제로 일본에서 10년간 65세 이상의
노인 걸음 수와 운동 효과를 측정해본 결과,
하루 4,000보 이상을 걷는 사람은
우울증이 없어졌다고 한다.
4,000보는 대략 3킬로미터 정도다.
내 걸음으로 30분이 걸린다.
거기에 해가 떠 있는 오후 시간을 공략하면 더 좋다.

우울하세요?
산책하세요

우울함을 해소하는 방법은 꽤 많다. 심하면 병원에 가는 게 맞지만 가벼운 우울은 여행, 쇼핑, 친구들과 약속 같은 일로 풀 수 있다. 하지만 대부분은 매일 하기 힘들거나 돈이나 시간이 많이 들어서 자주하기 어렵다.

그래서 나는 산책을 한다. 집 앞 천변을 걷기도 하고 왕복 한 시간 거리에 있는 옆 동네를 구경하기도 한다. 공원부터 학교 운동장까지 걸을 수 있는 곳은 무한하니까. 내키는 곳을 거닐면 된다.

"산책을 한다고 우울한 증상이 없어지나요?"라고 물을 수 있다. 실제로 일본에서 10년간 65세 이상의 노인 걸음수와 운동 효과를 측정해본 결과. 하루 4,000보 이상을 걷는 사람은 우울증이 없어졌다고 한다. 4,000보는 대략 3킬로미터 정도다. 내 걸음으로 30분이 걸린다.

거기에 해가 떠 있는 오후 시간을 공략하면 더 좋다. 햇빛에서 생성되는 행복호르몬 '세로토닌'까지 얻을 수 있기 때문이다. 실제로 우울증 치료에 쓰이는 항우울제는 이 세로토닌의 수치를 높이는 역할을 한다. 점심을 먹은 후에 30분 정도만 산책을 하면 우울증을 예방할 수 있다고 해도 과언이 아니다. 다만 미세먼지가 심한 날에는 나가지 않는 게 낫다.

돈이 드는 것도 아니고 많은 시간이 필요한 일도 아니다. 내가 아는 방법 중 가장 쉽게 우울함을 해소하는 방법이다. 만약 오늘 우울한 하루를 보냈다면 지금 이어폰을 들고 산책 나가는 건 어떨까.

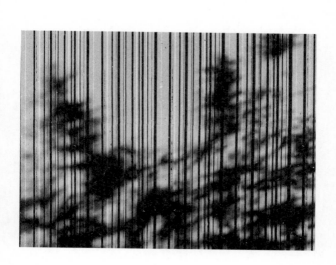

힘든 일이 생겨서 감당하기 힘들 때 혼자 훌쩍 떠나곤 한다. 주로 부산이나 제주도로. 바다를 보고 있으면 확실히 마음이 한결 가벼워진다. 하지만 매번 그럴 수는 없다. 비용도 만만치 않을뿐더러 직장에 다니는 한 시간도 마땅치 않다. 주말에 가기에는 몸이 피곤하고 휴가는 며칠 되지도 않기 때문이다.

자기만의 방을
만들 것

　힘든 일이 생겨서 감당하기 힘들 때 혼자 훌쩍 떠나
곤 한다. 주로 부산이나 제주도로. 바다를 보고 있으면
확실히 마음이 한결 가벼워진다. 하지만 매번 그럴 수는
없다. 비용도 만만치 않을뿐더러 직장에 다니는 한 시간
도 마땅치 않다. 주말에 가기에는 몸이 피곤하고 휴가는
며칠 되지도 않기 때문이다.

　좀 더 가볍게 갈 수 있는 장소가 필요했다. 평소에 자
주 가는 곳이 어딜까? 곰곰이 생각해봤다. 점심 먹고 자
주 가는 카페, 퇴근 후에 들리는 편의점, 종종 저녁 먹고
가는 코인 노래방과 집 앞 마트, 주말에 친구들과 자주

모이는 동네 맥주집 등. 그중에서도 자주 방문할 수 있으며 회사업무나 일상의 스트레스가 떠오르지 않는 나만의 공간은 어딜까. 카페는 사색하고 이야기하는 공간이고 마트나 편의점은 잠깐 들리는 곳이니까 제외하고. 남은 건 코인 노래방과 맥주집이다.

코인 노래방은 세 곡에 1,000원 정도 한다. 시간으로 따지면 약 15분. 작지만 아담한 개인 공간이 생긴다. 평소 출퇴근길에 들으며 좋다고 느꼈던 노래를 부를 수 있다. 남의 눈치 보지 않고 신나게 부르고 나면 스트레스가 풀린다.

맥주집은 딱히 설명할 필요가 있나 싶다. 무리한 음주는 정신과 건강에 해롭지만 적당하다면 정신건강에 도움이 된다. 거기에 마음이 잘 맞는 사람과의 대화가 추가 된다면 더할 나위 없이 좋다. 가격도 그렇게 부담되지 않는다.

만약 나처럼 음악이나 술을 좋아하지 않는다고 해도 걱정할 필요 없다. 샤워하는 욕실도 좋은 공간이니까. 나는 좋아하는 노래를 들으며 따뜻한 물 맞는 걸 좋아한다. 그곳도 온전히 나만을 위한 공간이다. 기분이 좋지 않은 날에는 좋은 향기가 나는 바디샴푸를 쓰면 더욱 좋다.

5

당신과 나 사이,
관계가 가장 어렵죠

지금도 왜 갑자기 나를 멀리했는지 이유는 알 수 없다.
별 다른 이유가 없었는지도 모른다. 그 친구는 그냥
상황에 맞게 주변에 있는 사람과 친하게 지내는지도
모르니까. 마지막으로 들은 소식은
세계일주를 준비하며 요트를 배운다는 근황이다.
몇 년이 지난 지금 이제는 그냥 인연이 아니었다고
생각한다.

이유를 알 수 없는 관계는
그저 인연이
아니었던 것으로

가끔 SNS에 글을 올린다. 올렸을 때 주제마다 반응이 제각각이다. 그런데 그중에서도 친구에 대한 주제는 항상 반응이 뜨겁다. 그만큼 다들 어렵고 소중하게 여긴다는 증거가 아닐까. 나 역시도 최근까지 친구가 최고라고 여겼다. 그러나 생각을 바꿨다. 이 일을 겪고 나서부터.

나에게는 국환이라는 친구가 있다. 고등학생 때부터 친한 친구다. 내가 군대를 일찍 가는 바람에 잠깐 연락

이 끊겼지만 전역 후에 다시 친해졌다. 그는 나와 성격
도 비슷했다. 쌍꺼풀이 없는 외모마저도. 마침 당시에
자취하던 곳이 국환이가 다니는 대학교 앞이어서 더 자
주 만났다. 저녁에는 집에서 같이 밥도 먹고 밤에는 한
겨울에도 패딩만 걸친 채 집 앞 편의점에서 맥주를 마
시며 이야기를 하기도 했다. 제일 친한 친구라고 생각할
만큼 사이가 각별했다.

그렇게 2년이 흐르고 그는 학교를 졸업하고 ROTC 장
교로 임관했다. 여전히 우리는 자주 연락했다. 한 달에
한 번씩 휴가를 나와도 하루는 꼭 만나서 술을 마셨다.
그 당시 우리는 미래와 꿈에 대한 이야기를 많이 했었
다. 서로가 잘 돼서 꼭 멋지게 살자고 다짐했다. 나는 국
환이와 평생 좋은 벗이 될 거라고 확신했다.

그런데 국환이가 군대를 전역하고부터 연락이 뜸해
졌다. 수원에서 다른 친구와 같이 지낸다는 말은 들었
다. 그 후로도 여러 번 먼저 연락했지만 답장이 없는 경
우가 많았다. 나도 취업을 하고 바쁘게 살다 보니 한동
안 신경 쓸 겨를이 없었다. 그렇게 연락이 끊겼다.

지금도 왜 갑자기 나를 멀리했는지 이유는 알 수 없다. 별 다른 이유가 없었는지도 모른다. 그 친구는 그냥 상황에 맞게 주변에 있는 사람과 친하게 지내는지도 모르니까. 마지막으로 들은 소식은 세계일주를 준비하며 요트를 배운다는 근황이다. 몇 년이 지난 지금 이제는 그냥 인연이 아니었다고 생각한다.

다만 연락이 끊어졌을 당시에는 슬펐다. 상처도 받았고 인간관계에 회의감마저 들었다. 평생 친구라고 생각하며 마음을 쏟았는데 이렇게 쉽게 멀어지다니. 그 후로는 한동안 어떤 친구가 오래갈 친구고 아닌지 마음속으로 저울질 하곤 했다. 그러다가 김영하 작가의 『말하다』라는 책을 읽었다. 거기엔 나에게 깨달음을 주는 내용이 있었다. 사실은 친구가 그다지 중요하지 않았다는 내용으로, 그들에게 맞추느라 흘려보낸 시간에 내 인생을 더 풍요롭게 하는 일을 할걸, 하는 메시지가 있었던 것으로 기억한다.

이제 와 생각해보니 살면서 국환이처럼 나름 친했던 사람과 멀어진 경험이 꽤 많았다. 그때마다 매번 마음아파 했다. 인간관계에서 크고 작은 상처는 피할 수 없다. 하지만 깊은 상처는 대부분 놓아야 할 손을 제때 놓지 못해서 생긴다. 즉 지나치게 얽매이면 받는 상처만 커진다. 그럴 바에 김영하 작가의 말처럼 내 자신에 좀 더 집중하는 편이 낫지 않을까? 물론 선택은 본인 몫이다.

그날 우리는 밖에 나가도 몸이 따뜻할 만큼
소주를 마셨다.
그와 나도 알게 된 지 얼마 되지 않았다.
하지만 지금도 친한 친구처럼 잘 지낸다.
우리 둘 사이로 미루어 보아
어쩌면 관계는 사귄 기간보다
공유한 마음의 크기가 중요한 게 아닐까.

사귄 기간에
집착하지 마세요

11월 말 어느 금요일 저녁. 퇴근 전 아는 동생에게 연락이 왔다. "형 저 고민 있는데 술 한잔 할까요?" 취업 전 고깃집에서 아르바이트를 할 때 불판과 숯을 옮기며 맺어진 인연이다. 차마 그를 외면할 수 없었다. 퇴근 후 눈보라를 뚫고 약속 장소로 향했다.

입사 1년차가 된 그는 제법 회사원 티가 났다. 미리 밥과 술을 한꺼번에 해결하는 걸로 합의를 봤다. 시끄러운 장소를 싫어하는 내 의견에 따라 골목에 있는 조용한 술집에 도착했다. 눈 내리는 날엔 짬뽕이라며 만장일치로 나가사키 짬뽕을 시켰다. 따뜻한 국물과 소주 몇 잔에 얼었던 몸이 녹을 때쯤 그가 말했다.

"저 고민이 뭐냐면, 회사 사람들을 내 사람이라고 생각해야 되는지 모르겠어요. 왜 친구는 학창시절 친구가 진짜라고 하잖아요. 사회에서 만나는 사람은 뭔가 속을 잘 모르겠어요. 더군다나 취업준비 할 때 낮아진 자존감 탓인지 자꾸 더 경계하게 돼요."

나는 혼자 따르던 소주를 털어넣고 답했다.

"음 맞아 학창시절 친구는 알고 지낸 지 오래됐고, 학생 때야 워낙 순수하고 서로 뭐든 터놓고 이야기했으니 더 그렇게 느낄 수밖에 없지."

"그런데 생각해보면 우리 대학생 때도 이런 말 했잖아? 왜 1학년 때 처음 입학하고 가끔 고등학교 친구들 만나면 '아 역시 너희랑 놀 때가 제일 재밌었다.' '대학교 친구는 뭔가 겉으로만 친구 같다.' 이런 말."

그는 갸우뚱 거리다 이내 고개를 끄덕였다.

"그런데 지금 봐. 대학 친구들도 고등학교 친구만큼 잘 지내잖아. 사회에서 만난 사람들도 그래. 아무래도 나이가 들어서 이익만 추구하는 사람이 종종 있어서 그렇지."

"우리 부모님들 봐 지금 만나는 친구를 보면 학창시절 친구만큼 사회 친구가 많아. 심지어 우리 엄마는 목욕탕에서 알게 된 사람이랑도 친하더라. 관계는 골동품 같은 게 아니야. 오래됐다고 해서 값이 무조건 더 나가는 건 아니야. 따지고 보면 우리도 사회에서 만났잖아."

동생은 이제야 좀 정리가 됐다며 술잔을 들었다. 그날 우리는 밖에 나가도 몸이 따뜻할 만큼 소주를 마셨다.

그와 나도 알게 된 지 얼마 되지 않았다. 하지만 지금도 친한 친구처럼 잘 지낸다. 우리 둘 사이로 미루어 보아 어쩌면 관계는 사귄 기간보다 공유한 마음의 크기가 중요한 게 아닐까.

자존감을 뺏는 사람들은 공통점이 있다.
빼앗은 자존감을 자신의 밑 빠진 마음에
채운다는 것이다. 정작 깨진 부분을 보수하지 않은 채.
그래서 도둑질을 멈추지 않는다.
항상 공허한 마음을 가지고 흡혈귀마냥
빼앗을 대상을 찾아다닐 뿐.

자존감 높이는 데
방해가 되는 사람들

자존감이 낮은 사람은 크게 세 부류로 나눌 수 있다. 첫째는 그냥 낮은 대로 사는 사람, 둘째는 높이려고 노력하는 사람, 세 번째는 노력보다는 다른 사람에게 뺏어서 채우는 사람. 안 그래도 낮은 자존감을 뺏긴다는 건 용납하기 힘든 일이다. 세 번째 사람을 다시 세 가지로 나누면 이렇다.

먼저 대표적으로 남을 험담하는 사람이다. 과거의 나처

럼 마음이 가난한 사람들이 자주하는 일이다. 타인의 불행을 행복으로 여긴다. 다들 이미 잘 알 테니 굳이 장황하게 서술하지는 않겠다. 만약 주변에 이런 사람이 있다면 조용히 이 책을 선물해주는 것도 나쁘지 않을 듯하다.

두 번째는 지나치게 자랑하는 사람이다. "이 사람은 왜죠? 자존감이 높아서 그런 거 아닌가요?"라고 반문할 수도 있다. 하지만 생각과 다르게 기본적으로 자존감이 낮기 때문에 돈, 외모, 인맥 등을 내세워 상대방이 느끼는 상대적 박탈감으로 자존감을 주워 담는다. 겸손하지 못하고 자랑이 지나치다면 피하는 게 상책이다.

마지막으로 비관적인 사람이다. 얼핏 보면 뺏는 일과는 상관없어 보인다. 그러나 남 탓부터 자기 탓까지 모든 걸 부정적으로 생각해서 옆에 있는 사람에게도 우울함을 전염시킨다. 주로 주변 사람에게 받은 위로로 부족한 자존감을 메운다.

자존감을 뺏는 사람들은 공통점이 있다. 빼앗은 자존감을 자신의 밑 빠진 마음에 채운다는 것이다. 정작 깨진 부분을 보수하지 않은 채. 그래서 도둑질을 멈추지 않는다. 항상 공허한 마음을 가지고 흡혈귀마냥 빼앗을 대상을 찾아다닐 뿐.

관계를 쌓는 일은 '믿고 의지하며 잘 지내보자.'라는
전제가 깔린다. 그래서 서로가 싫어하는 행동을
하지 말아야 하는 의무가 있다. 만약 기분을 언짢게
하는 행동을 지속적으로 하는 사람이 있다면 계약
해지를 통보할 수 있다. 연애에서도 그렇다.
오히려 의무가 좀 더 무거워진다.
사랑이라는 감정이 추가되기 때문에.

우리 사이에 지켜져야 할
약속들에 대해서

　'계약'이라는 단어는 다소 어렵게 느껴진다. 하지만
전세계약, 고용계약처럼 실생활에서 간간히 경험한다.
나는 인간관계도 일종의 계약이라고 생각한다. 신뢰와
관계유지를 담보로 한 구두계약 말이다.

　관계를 쌓는 일은 '믿고 의지하며 잘 지내보자.'라는
전제가 깔린다. 그래서 서로가 싫어하는 행동을 하지 말
아야 하는 의무가 있다. 만약 기분을 언짢게 하는 행동
을 지속적으로 하는 사람이 있다면 계약 해지를 통보할
수 있다. 연애에서도 그렇다. 오히려 의무가 좀 더 무거
워진다. 사랑이라는 감정이 추가되기 때문에.

그런데 그런 의무의 존재를 모르는 사람이 많다. 살다 보면 정말 별의별 사람을 만난다. 내 기분 따위는 고려하지 않고 자기가 하고 싶은 대로 행동하는 사람, 자신의 생각이 무조건 옳다고 주장하는 사람 등등. 자기 자신만 알고 남은 배려하지 않는다. 이런 상황을 마주했을 때 나의 권리를 주저 없이 사용하자.

하지만 그렇다고 권리를 앞세워 무리한 요구를 하면 안 된다. 자기 기분만 고려하거나 납득할 수 없는 요구를 한다면 그건 직권남용, 즉 '갑질'이 된다. 이런 행동은 서로에 대한 의무를 다하지 않는 일만큼 나쁜 행동이다.

결국 의무와 권리 적당한 교집합 안에서 건강한 인간관계가 만들어진다. 물론 어려운 일이다. 하지만 관계를 '쌓는다' 사랑을 '나눈다'는 말처럼 상대와 대화를 나누고 신뢰를 쌓다 보면 불가능한 일은 아니다.

자존감이 낮은 사람은 때때로 호구 취급을 받기도 한다. 나의 부족한 점을 매우기 위해 물질적으로나 마음으로 모든 걸 쏟아붓기 때문이다. 하지만 그런 사람을 호구라고 욕할 수는 없다. 대개 본성이 여리고 착한 성격을 가졌다. 결과적으로 사랑하고 좋아해서 하는 행동이다. 누군가 나에게 마음이 헤프다 말해도 자책할 필요없다. 내 행동이 잘못된 게 아니라 단지 이번엔 상대를 잘못 고른 것뿐이니까.

잘해주고 싶은
내 마음 존중하기

　대학병원에서 간호사로 근무하는 유미라는 친구가 있다. 그녀는 자존감이 낮고 정이 많은 편이다. 평소에도 남에게 베푸는 일에서 행복을 느낀다고 한다. 온정은 직장과 연애에서도 이어졌고 항상 진심을 다해 잘해줬다. 하지만 돌아오는 건 험담과 이별뿐이라며 힘들어 했다.

　그녀는 교대 근무를 해서 약속을 잡기 어렵다. 다행히 일요일은 밤 11시에 출근하는 나이트 근무라고 했다. 오후에 카페에서 만나기로 했다. 도착해보니 우리 둘과 친한 유빈이도 같이 있었다. 근처에 볼 일이 있어서 겸사겸사 왔다며.

커피를 시키고 널다란 테이블이 있는 자리에 앉았다. 나는 간호사라는 직업이 그렇게 힘든 줄 몰랐는데 그녀 덕분에 알게 됐다. 오늘도 역시 피곤에 찌든 모습이었 다. 게다가 최근에 남자 친구와 싸웠는데 어이없게도 다 툰 이유가 '너무 잘해줘서 부담스럽다.'라고 한다. 유빈 이가 옆에서 화를 냈다.

"김유미 너 그런 말 듣고도 잘해주면 호구야 호구. 너 만 바보 돼."

유미가 차분하게 답했다 "나도 알아 나 호구인 거. 근 데 어떡해. 내 성격이 이런 걸⋯."

사실 나는 조금 놀랐다. 보통 호구는 자기가 호구인 걸 모른다는 이야기를 들었는데 잘 알고 있다니. 그녀는 이미 알고 있었다. 알고 있음에도 바꿀 수 없는 성격 탓 에 괴로워하고 있었다.

둘이 대화할 동안 나는 몇 분 동안의 생각 정리를 끝 내고 말했다.

"그런데 나는 왜 네가 폄하당하는지 모르겠다. 나쁘게

말해서 호구지 원래는 베풀 줄 아는 좋은 사람이잖아"

"맞아, 그런데 문제는 베풀고도 욕을 먹잖아. 그게 문제지." 유빈이가 말했다.

"내 생각엔 유미는 잘못 없어. 아니 있다면 잘해줄 상대를 잘못 고른 거? 진짜 잘못은 그걸 이용하고 폄하하는 사람들이야." 우리는 그 후에도 토론을 이어갔다. 유미는 그날 잠깐 울기도 했다.

며칠 후 유미에게 남자 친구와 헤어졌다는 연락을 받았다. 이제는 잘해주면 고마움을 느끼고 보답할 줄 아는 사람에게만 진심으로 대하겠다는 다짐과 함께.

자존감이 낮은 사람은 때때로 호구 취급을 받기도 한다. 나의 부족한 점을 매우기 위해 물질적으로나 마음적으로 모든 걸 쏟아붓기 때문이다. 하지만 그런 사람을 호구라고 욕할 수는 없다. 대개 본성이 여리고 착한 성격을 가졌다. 결과적으로 사랑하고 좋아해서 하는 행동이다. 누군가 나에게 마음이 헤프다 말해도 자책할 필요 없다. 내 행동이 잘못된 게 아니라 단지 이번엔 상대를 잘못 고른 것뿐이니까.

좋은 사람을 만나려고 한 노력 때문에 오히려 좋은
사람을 놓치기도 했다. 반대로 상대에게 좋은 사람이
되어주려다가 졸지에 나쁜 사람이 되기도 했다.
어쩌면 좋은 사람은 애초에 존재하지 않을지도 모른다.
연애 초반에야 다들 좋은 사람이라고 생각하겠지만
이별 없는 연애는 없고 좋은 이별 또한 없다.
헤어지고 나면 다 나쁜 사람이 된다.

굳이 좋은 사람을 만나려
노력하지 마세요

누구나 소위 말하는 '좋은 사람'을 만나고 싶어 한다. 특히 이전 연애에서 상처를 입어 자존감이 낮아진 사람이라면 더욱더. 이제는 정말 안정적인 연애를 하고 싶기 때문이다. SNS에서도 좋은 사람을 만나야 하는 이유라며 수십 가지 항목이 쓰여 있는 글을 쉽게 볼 수 있다. 하지만 노력할수록 진짜 좋은 사람을 만나 안정적인 연애를 하지 못할 수도 있다.

두 번 연거푸 환승 이별을 당하고 6개월이 흘렀다. 계절은 어느덧 봄이 되어 길에는 벚꽃이 만개했다. 마음의 상처도 거의 다 아물어가고 있었다. 이미 수없이 반성을 했고 다음 연애는 기필코 좋은 사람을 만나 예쁘게 연애할 거라고 다짐했다.

의지 또한 강했다. 책이나 인터넷에서 말하는 '이런 사람 만나' 같은 조건을 휴대폰 메모장에 쓰고 다닐 정도였다. 그러던 중 관심이 가는 사람이 생겼다. 청초한 외모에 상냥했던 그녀는 금방이라도 고백을 말하고 싶게 했다. '심장아 나대지 마'를 연신 외치며 여러 번 데이트를 했다. 그런데 만남을 거듭할수록 상대가 더 싫어지더라. 평소 생각했던 좋은 사람의 기준과는 큰 차이가 있었기 때문이다. 기대가 크면 실망도 큰 법. 결국 잘되지 못했다. 그 이후로도 기준에 부합하는 사람은 찾을 수가 없었다.

몇 달 뒤 정말 좋은 사람이라고 생각되는 연인을 만났다. 그 사람 역시 나처럼 전 연애에서 큰 상처를 받았다. 내가 좋은 사람이길 바란다고 했다. 나 역시도 그녀를 놓치기 싫었다. 열심히 노력하겠다고 말했다. 데이트는 그녀를 위주로 했고 담배 피는 사람이 싫다는 말에 금연도 했다. 자상한 남자가 이상형이라기에 무심한 듯 챙기는 내 성격을 버리고 무조건 자상한 사람처럼 행동했다. 그렇게 연애 중반까지 연신 노력했다. 그러나 사람은 변하지 않는다. 무리하게 변한 척했던 만큼 제자리로 돌아가려는 탄성도 컸다. 생각보다 빠르게 본래의 나로 돌아왔다. 상대는 결국 "연애 초반엔 안 그랬는데 변했다."라며 이별을 말했다.

좋은 사람을 만나려고 한 노력 때문에 오히려 좋은 사람을 놓치기도 했다. 반대로 상대에게 좋은 사람이 되어주려다가 졸지에 나쁜 사람이 되기도 했다. 어쩌면 좋은 사람은 애초에 존재하지 않을지도 모른다. 연애 초반에야 다들 좋은 사람이라고 생각하겠지만 이별 없는 연애는 없고 좋은 이별 또한 없다. 헤어지고 나면 다 나쁜 사람이 된다.

어쩌면 우리가 진짜 만나야 할 사람은 남들이 말하는 틀에 짜여진 사람이 아니라. 나와 잘 맞지 않는 부분이 있어도 인정하고 포용하려고 노력하는 사람이 아닐까.

연인은 부모님이 아니다. 무얼 해도 평생 변함없는
아가페 같은 사랑을 주지 않는다. 내가 가진 매력으로
상대가 나를 좋아하도록 만들어야 한다. '설마 나를
떠나지는 않겠지? 다른 사람이 생긴 건 아니겠지?'
라는 걱정을 하며 집착할 시간에
차라리 운동으로 탄탄한 몸과 자신감을 얻는 편이 낫다.

자존감이
낮은 사람의
연애

　자존감이 낮은 사람의 연애는 대부분 비슷한 패턴을
지녔다. 우선 자신감이 없으니 상대방에게 계속 사랑을
확인하고 집착한다. 자존감이 낮으니 사랑받으려 매력
을 어필하기보다 사랑해달라고 갈구한다. 그러다 보면
자연스럽게 자진해서 을이 되고 상대는 갑이 된다. 또
잦은 투정에 지쳐 연인이 떠나가기도 한다. 나한테 질려
서 도망치는 이별이다 보니 끝도 안 좋다. 바람이나 환
승이별처럼.
　글을 읽으면서 뜨끔 하는 사람은 생각을 바꿔야 한다.
연인은 부모님이 아니다. 무얼 해도 평생 변함없는 아가

폐 같은 사랑을 주지 않는다. 내가 가진 매력으로 상대가 나를 좋아하도록 만들어야 한다. '설마 나를 떠나지는 않겠지?' '다른 사람이 생긴 건 아니겠지?'라는 걱정을 하며 집착할 시간에 차라리 운동으로 탄탄한 몸과 자신감을 얻는 편이 낫다.

매력을 만드는 게 어렵게 느껴질 수도 있다. 하지만 생각보다 방법이 다양하다. 옷을 잘 입어 스타일이 좋다든지, 요리를 잘해서 맛있는 음식을 해준다든지, 이야기를 잘 들어줘서 공감을 잘 한다던지, 혹은 섬세함으로 상대방의 작은 부분까지 기억해서 감동을 주는 일까지.

갈구와 집착을 좋아하는 사람은 없다. 있던 애정마저 식어버리게 한다. 그렇게 한번 차가워진 연애는 다시 뜨거워지지 않는다. 갑질이 만연한 세상이다. 연애에서 마저 자진해서 을이 되지는 말자. 사랑은 갈구하는 게 아니라 쟁취하는 것이다.

가끔 자기 전에 '그때 내가 왜 그랬을까…?' 하며 이불
을 차게 만드는 일을 떠올릴 때가 있다. 어쩌면 우리는
자기 자신조차도 이해하지 못하는지도 모른다.
앞서 말했듯이 불가능에 집착할수록 슬퍼지는 건
나 자신이다. 상대방을 이해할 수 없어도
관계를 지속할 만큼 소중하다면 포용,
그 정도 사이가 아니라면
지금이라도 끝내는 게 바람직하다.

이해되지 않아도 괜찮다.
있는 그대로의
당신과 나

　스티븐 스필버그 감독의 〈터미네이터〉나 〈AI〉 같은
SF 영화를 즐겨본다. 두 영화의 공통점은 인간이 아닌
컴퓨터가 인공지능을 가져서 사람처럼 행동한다는 것.
어릴 땐 내 마음도 몰라주고 자신의 기분을 우선으로 하
는 부모님을 '혹시 인공지능이 아닐까?' 생각했던 적이
있다.

　클 대로 커버린 지금도 어머니를 종종 이해할 수 없
을 때가 있다. 원래 "부모 자식은 다들 그런 거야."라고
말한다면 이런 일은 친구나 직장동료 간에도 빈번한 일
이다. 하다못해 가슴 떨리게 사랑하는 연인도 결국 이해

하지 못해 헤어지는 일이 부지기수니까.

최근에 뉴스를 보다가 놀랐다. 어릴 때 영화에서 봤던 일이 실제로 일어나고 있다. 최근 개발된 인공지능 로봇이 사람은 이해할 수 없는 돌발행동을 한다. 예를 들어 인간은 이해할 수 없는 자신들만의 언어를 만들어 대화한다든지 인류를 멸망시키고 싶다는 발언을 한다. 아직은 사람처럼 감정을 느끼거나 사고할 수 없는 유아 지능 수준의 로봇조차도 우리는 100% 이해할 수 없다.

그런데 그보다 훨씬 복잡한 뇌를 가진 인간은 오죽하겠는가. 30여 년을 같이 살아온 가족도 이해하지 못하는데 안 지 얼마 되지도 않은 친구나 연인을 어떻게 이해할 수 있을까. 어쩌면 누군가를 이해하겠다는 말은 애초에 이룰 수 없는 목표다. 시도해봤자 실패할 게 뻔하다. 오히려 '내가 이상한가?' '나만 그런 건가?' 같은 정신적 자해를 반복하면서 애꿎은 자존감만 깎아 먹는다.

가끔 자기 전에 '그때 내가 왜 그랬을까…?' 하며 이불을 차게 만드는 일을 떠올릴 때가 있다. 어쩌면 우리는 자기 자신조차도 이해하지 못하는지도 모른다. 앞서 말했듯이 불가능에 집착할수록 슬퍼지는 건 나 자신이다. 상대방을 이해할 수 없어도 관계를 지속할 만큼 소중하다면 포용, 그 정도 사이가 아니라면 지금이라도 끝내는 게 바람직하다.

오늘 하루도 불안과 노력으로 채운 대한민국의 수많은 준비생들에게 경의를 표한다. "잘 될 거야."라는 말로 부담을 주고 싶지는 않다. 대신 "잘하지 않아도 되니 열심히만 해봐." 같은 따뜻한 응원을 보낸다.

삶의 가장 초라한 시기를
보내고 있을
당신에게

　살면서 누구나 자존감이 낮아지는 시기가 종종 있다. 그중에서도 대표적인 건 '준비할 때'다. 입시준비, 취업 준비, 시험 준비, 이직준비 등. 사람에 따라 여러 번 혹은 길게 겪기도 한다.

　이 시기에는 일반적으로 바깥 활동을 자제하고 제한적인 사교 활동을 한다. 어쩌다 한 번씩 놀고 친구를 만난다. 그러다 보니 평소에는 텔레비전이나 SNS 같은 곳에 관심을 가진다. 자신은 꾸미지도 않고 준비하는 일에만 몰두하는데 그곳에서는 다들 잘 먹고 잘사는 기분이 들어서 상대적 박탈감을 느낀다. 더군다나 기간이 길어질수록 인간관계가 좁아지는 것 같아 불안해진다. 자존 감과 자신감이 최저점을 찍는다. 그래서 사소한 서운함 에도 예민하게 반응한다.

하지만 다소 근시안적인 생각이다. 이 시기에 느끼는 불안감과 박탈감은 누구든 겪는 필수 코스다. 생각대로 라면 모든 준비생이 우울증을 겪고 외톨이가 되어 평생 외롭게 살아가야 하지만 그렇지 않다. 대개 이런 증상은 준비생 신분을 벗어나면 금방 사라지니까.

원하는 대학교나 회사에 가면 새로운 사람들을 만난 다. 돈도 벌고 전에는 없던 마음의 여유도 생겨서 불안 감은 어느새 사라진다. 비슷한 처지에 있던 친구들도 준 비생 신분에서 벗어나 하나둘 연락이 온다. "너 그 대학 갔다며?" "너 거기 취업했다며?"

SNS에서 나에게 박탈감을 준 그 사람도 불과 몇 년 전에는 준비생 시절을 겪으며 하루하루를 버텼을 것이 다. 나만 그런 게 아니라 모두들 겪는 감기 같은 일이다. 이루려고 목표한 일에 다가서려면 그 기간 동안만이라도 몇 가지는 포기하는 게 당연하기도 하고.

오늘 하루도 불안과 노력으로 채운 대한민국의 수많은 준비생들에게 경의를 표한다. "잘 될 거야."라는 말로 부담을 주고 싶지는 않다. 대신 "잘하지 않아도 되니 열심히만 해봐." 같은 따뜻한 응원을 보낸다.

6

행복해질 수 있습니다
바로 지금, 이 순간부터

당장 나도 몇 년 전 일을 생각하며 '조금만 젊었어도'
라며 후회한다. 그런데 그런 나를 부러워하는 사람이
많다니. 얼마 전에는 인터넷을 하다가 흥미로운 글을
봤다. 제목은 '10년 전으로 돌아갈 수 있는 방법'이다.
클릭했더니 본문에 이런 글이 쓰여 있었다.
'당신은 방금 10년 후에서 왔습니다. 하루하루를 의미
있게 사세요.'

내일의 내가 아쉬워할
오늘이라는 시간

　학생 때부터 종종 주머니 사정이 좋지 않을 때 공사장 일을 했다. 아르바이트 중에서도 일당을 받을 수 있어서 급전이 필요할 때 하기 좋다. 일을 구하는 것도 간단하다. 새벽 6시쯤 동네 인력소에 가서 최대한 싹싹한 표정을 짓고 "일하러 왔습니다."라고 말하면 끝이다. 그다음부터는 "앉아서 기다려라."라는 소장님의 말을 듣고 노란색 봉지 믹스커피를 마시며 마음의 준비를 하고 있으면 된다.

　도착한 순서대로 몇 명씩 인원이 빠지면 드디어 내 차례가 된다. 따라 나갈 때까지도 무슨 일을 하는지 정확히는 모른다. 더군다나 나같이 기술 없는 잡부는 어차피 단순노동이기 때문에 뽑히기만 해도 다행이다.

일반적으로 지방의 작은 공사장일이 대기업이 하는 큰 공사보다 쉬울 거라고 생각한다. 하지만 아니다. 적은 예산으로 하는 공사다 보니 인부도 적고 시일도 촉박해 일이 고되다.

별 생각 없이 일하다 보면 점심시간이 된다. 같이 일하는 사람들은 대부분 나보다 나이가 많다. 30대도 있지만 대다수는 40대 정도다. 밥을 먹고 있으면 상대적으로 어린편인 나에게 말을 건다. "뭐하다가 왔냐?"는 말에 내 상황을 설명하고 돈이 필요해 왔다고 말하면 "잘 생각했다, 기특하다."라는 말을 해준다. 그리고 그 말 뒤에는 대부분 자신의 경험담이 이어진다.

소수는 처음부터 이 일을 업으로 삼기도 한다. 그러나 대부분은 이런저런 일을 하다가 여의치 않아서 시작한다. 전 직업도 다양하다. 회사원, 치킨집 사장, 배달부 등. 그들이 공통적으로 말하는 건 이제 막 30대가 된 내가 부럽다는 말이다. "아직 뭐든 해볼 수 있어서 좋겠다. 내가 10년만 젊었어도…." 같은 이야기.

그런 말을 들으면 감회가 새롭다. 당장 나도 몇 년 전 일을 생각하며 '조금만 젊었어도'라며 후회한다. 그런데 그런 나를 부러워하는 사람이 많다니. 얼마 전에는 인터넷을 하다가 흥미로운 글을 봤다. 제목은 '10년 전으로 돌아갈 수 있는 방법'이다. 클릭했더니 본문에 이런 글이 쓰여 있었다.

'당신은 방금 10년 후에서 왔습니다. 하루하루를 의미 있게 사세요.'

누구나 잡스 같은 사람이 되어야 꿈을 이룬 것일까?
아니다. 꿈은 꾸는 사람 마음이다. 내가 정하고 목표
하는 것이 바로 꿈이다. 마당이 있는 집에서
강아지를 키우며 살고 싶은 당신의 생각도
충분히 가치 있고 의미 있는 꿈이다.

작은 꿈에도
자부심은 필요한 법

"저는 하고 싶은 게 없어요 딱히 꿈도 없고요."

가끔 후배들을 만나면 자주 듣는 말이다. 대학교는 점수에 맞춰 갔고 직장도 남들 기준에 맞게 구했지만 정작 하고 싶은 건 없다고 한다.

"직장도 잡았고 이제 더 이상 목표가 없어지니까 삶이 너무 무기력해요."

"그래? 꿈이 정말 없어? 뭐가 되고 싶다, 어디에 살고 싶다 이런 것도?"

그러면 그제야 나중에 마당이 있는 집이나 세계일주 같은 목표를 말한다.

TV나 책을 보면 그 분야에서 성공한 사람들의 이야기가 나온다. 애플의 잡스, 페이스북의 마크 저커버그 등 명예와 부를 동시에 얻은 사람들의 성공스토리가 주를 이룬다. 그러다 보니 무언가 나도 저렇게 큰 포부를 가지고 살지 않으면 내 꿈은 꿈도 아니라고 생각한다.

혹은 꿈마저 남들 기준에 맞춘다. 내가 작가라는 꿈을 가지고 주변 사람들에게 말했을 때 대부분은 "기자도 아니고 그런 걸로 먹고 살 수 있겠냐?"라는 반응이 주를 이뤘다. 그럴 때마다 나는 "두부나 설탕만 팔아서 재벌이 된 기업도 있는데? 어느 분야든 성공하면 돈은 따라오는 거야."라며 변명해야 했다.

누구나 잡스 같은 사람이 되어야만 꿈을 이룬 것일까? 아니다. 꿈은 꾸는 사람 마음이다. 내가 정하고 목표하는 것이 바로 꿈이다. 마당이 있는 집에서 강아지를 키우며 살고 싶은 당신의 생각도 충분히 가치 있고 의미 있는 꿈이다.

자부심을 갖자. 남들이 응원해 주지 않아도 애지중지

해야 이뤄질까 말까하다. 나 자신마저 소중하게 여기지 않는다면 그야말로 평생 꿈만 그리며 살지 모르니까.

이제는 되도록 나를 슬프게 했던 일은 피하고 우울한 일이 생겼을 때는 다이어리에 적힌 행복한 일을 하나씩 꺼내서 한다. 요즘 느끼는 건 큰 행복은 길어야 며칠이지만 내가 발견한 포인트들은 작지만 지속가능한 행복을 가져다준다.

행복 포인트
찾기

어느 날 친한 친구가 나에게 말했다. "나 요즘 행복하지 않아. 무얼 해도 행복해지지 않고 불행한 것 같아." 그래서 나는 "그래? 그럼 너는 정확히 뭘 할 때 행복한데?"라고 물었고 친구는 제대로 된 답을 내놓지 못했다.

불행하다고 느끼는 사람 대부분은 자신이 어디에서 행복을 느끼는지 잘 모른다. 혹은 닿을 수 없는 먼 곳에서 행복을 찾으며 행복하지 않다고 말한다. 그래서 남들처럼 사는 것에 집중한다. 남들처럼 먹고 마시고 여행 가고 정작 자신은 어디서 진짜 행복한지 모른 채. 그러다 보니 행복하려고 한 행동에서 제대로 된 행복을 느끼지 못하고 거기에서 오는 공허함과 함께 더욱 불행해진다.

대표적으로 내가 그랬다. 오로지 바라는 목표에 근접하지 못하면 불행하다고 생각했으니까. 하루에도 여러 번 느낄 수 있는 소소한 행복에는 마음 쓰지 않았다. 그러던 어느 날 새해가 됐다. 여느 때처럼 올해 목표 몇 가지를 적었다. 그중 하나는 일기쓰기였다. 인터넷으로 주문한 다이어리가 도착한 날부터 꼬박꼬박 써 나갔다.

내 일기는 일반적인 일기와는 조금 달랐다. 오늘 하루에 일어난 일을 쓰는 건 같았지만 끄트머리쯤 오늘 기분과 행복한 일, 슬픈 일을 적었다. 그렇게 몇 달이 지나고 데이터가 쌓였을 때 전에 썼던 일기를 쭉 읽어봤다. 나는 무엇을 할 때 웃고 우는지.

나를 제대로 알기 위해서 노력했다. 이제는 되도록 나를 슬프게 했던 일은 피하고 우울한 일이 생겼을 때는 다이어리에 적힌 행복한 일을 하나씩 꺼내서 한다. 요즘 느끼는 건 큰 행복은 길어야 며칠이지만 내가 발견한 포인트들은 작지만 지속가능한 행복을 가져다준다. 무작

정 불행하다고 생각하기 전에 '나는 어떤 일을 할 때 행복한지?' 포인트부터 찾아보는 건 어떨까.

하나하나 잊으려고 애쓰기보다 새로운 기억들로
머릿속을 채우는 편이 낫다. 나는 그런 일이 있을
때마다 우울하다며 집에 누워만 있지 않는다.
일부러 친구를 만나고 여행을 떠난다. 하나둘 추억을
쌓다 보면 악몽 같은 일은 어느새 기억 저편으로
밀려난다.

잊고 싶은 기억이
흐려질 수 있도록

10일. 월급이 들어왔다는 문자를 받고 신이 났다. 퇴근 후 집에 돌아오는 길 엘리베이터에 탔는데 때마침 이어폰에서 신나는 노래가 나왔다. 잠깐 리듬에 몸을 맡기다가 정신을 차려보니 이미 도착해서 문이 열려 있는 게 아닌가. 그 앞에는 같은 층 주민이 멀뚱히 서 있었다.

이처럼 누구나 지우고 싶은 기억이 있다. 상처만 줘서 떠올리기도 싫은 전 연인, 회사에서 했던 큰 실수처럼. 그런데 이런 기억은 잘 잊히지 않는다. 다 지웠다고 생각해도 가끔 제멋대로 떠오른다. 주로 자기 전 침대 위에서. 그때마다 이불을 찬 횟수가 족히 300번은 된다.

사람은 컴퓨터가 아니다. 기억이 파일마냥 단번에 지워질 리가 없다. 오히려 지우려고 발버둥치면 칠수록 더 자주 생각하게 되고 마음 깊은 곳에 남는다. 결국 먼 훗날에도 비슷한 일을 할 때마다 나를 괴롭히는 기억이 된다. 이런 걸 트라우마라고 한다. 일단 한번 생기면 지우기가 어렵다. 최대한 남지 않게 하는 것이 최선이다.

하나하나 잊으려고 애쓰기보다 새로운 기억들로 머릿속을 채우는 편이 낫다. 나는 그런 일이 있을 때마다 우울하다며 집에 누워만 있지 않는다. 일부러 친구를 만나고 여행을 떠난다. 하나 둘 추억을 쌓다 보면 악몽 같은 일은 어느새 기억 저편으로 밀려난다.

그렇게 지내다 보면 정말 시간이 약이 되는 때가 온다. 물론 그래도 이따금씩 떠오르긴 한다. 하지만 이제는 '맞아 그땐 정말 힘들었는데 이제는 별거 아닌 일이 됐네?'라며 넘길 수 있다. 그러니 더 이상 잊으려고 발버둥치지 말자. 기억은 지우는 게 아니라 채우는 것이다. 지나간 기억 때문에 아파할 시간에 내일은 어떤 행복한 일로 하루를 채울지 고민하는 게 낫다.

나는 역주행 현상을 보며 힘을 얻는다.
하다 보면 언젠가 내 차례가 온다는 걸 증명하는
사례이기 때문이다. 기회는 제발로 찾아오지 않는다.
가만히 있으면 불운만 내게 안긴다.
찾으러 다닌다고 해서 발견할 수 있는 것도 아니다.
그럴수록 오히려 조급함 때문에 놓치기 쉽다.
자신이 가진 재능으로 꾸준히 노력하다 보면
운이 찾아오는 순간이 온다.

내 차례가
올 거야

요즘 가요계는 '역주행' 시대다. 역주행이란 활동을
하지 않거나 종료해 주목받지 못한 곡이 재조명돼 음악
차트나 가요프로에서 인기를 끄는 현상이다.

대표적으로 2017년 윤종신 씨의 곡 '좋니'가 있다. 6
월 앨범 발매 당시에는 차트에 발조차 들이지 못했다.
그러나 유튜브와 방송에서 부른 라이브가 화제가 돼 차
츰차츰 순위가 오르더니 8월에는 주요 음원사이트 1위
가 됐다. 9월에는 데뷔 27년 만에 처음으로 음악방송에
서 1위를 했다고 한다. 이 곡은 2017년 음원차트 연간 3
위를 기록한다.

윤종신 씨는 2010년부터 매월 한 곡씩 음원을 발표한다. '월간 윤종신'이라고 제목을 붙였다. 햇수로 9년째 꾸준히 음악을 만들고 있다. 지금까지 낸 곡 중 실제로 흥행에 성공한 곡은 몇 개 되지 않는다. 거의 적자 수준이라고 밝힌 적도 있다. 그러나 자신이 좋아하는 일이다. 대중의 반응에 크게 신경 쓰지 않고 꾸준히 노력한 결과, '좋니'라는 곡으로 제2의 전성기를 맞이했다.

나는 역주행 현상을 보며 힘을 얻는다. 하다 보면 언젠가 내 차례가 온다는 걸 증명하는 사례이기 때문이다. 기회는 제발로 찾아오지 않는다. 가만히 있으면 불운만 내게 안긴다. 찾으러 다닌다고 해서 발견할 수 있는 것도 아니다. 그럴수록 오히려 조급함 때문에 놓치기 쉽다.

이처럼 자신이 가진 재능으로 꾸준히 노력하다 보면 운이 찾아오는 순간이 온다. 그러니 혹여 지금 다른 사람의 성공을 부러워하고 있다면 그러지 않아도 된다. 지금은 그 사람 순서일 뿐. 다음은 내 차례일지도 모르기 때문이다.

조급해할 필요 없다. 꽃은 언제 피든 아름다우니까.

20대를 마치며

서른이다. 20대 초반에 느끼는 서른은 아저씨인데 막상 자기가 돼보면 아직 젊다고 느낀다는 우스갯소리처럼. 몇 년 전까지만 해도 서른은 까마득하게 느껴졌다. 그러나 나도 서른이 됐다.

얼마 전에는 나보다 3년 더 일찍 서른이 된 선배에게 연락했다. 소위 말하는 계란 한 판이 되면 어떤 느낌이냐고 물었다. 자신은 나이 앞자리가 바뀌어 몇 달간은 실감하지 못하고 우울했다고 한다. 아마도 적응하는 데 시간이 걸릴 거라고 하더라.

20대를 마무리하면서 여러 가지 생각이 들었다. 그중

에서도 '과연 나는 20대를 잘 보냈는가?'라는 의문이 제일 컸다. 글쎄 학벌이 좋은것도 아니고 그렇다고 안정된 직장에 취업을 한 것도 아니다. 꿈꾸던 사업에 성공하지도 못했다. 심지어 1년 넘게 집에서 컴퓨터만 하며 시간을 보낸 적도 있다. 이런 나는 실패한 20대를 보낸 게 아닐까. 생각에 생각을 거듭하다 결론을 내렸다. 나는 나름 괜찮은 20대를 보냈다고.

평균 수명 80세 시대다. 정년이 65세라면 지금부터 최소한 35년을 일하면서 살아야 한다. 운이 나빠 더 오래 할 수도 있다. 이렇게 긴 세월 동안 질리지 않고 즐겁게 할 수 있는 직업 찾기는 인생에서 굉장히 중요한 과제다. 나의 20대 목표는 '좋아하는 일 찾기'였다.

성인이 되고 직장, 사업, 공부, 해보고 싶었던 일은 거의 다 해봤다. 그중 유일하게 평생 할 수 있겠다는 생각이 든 건 글쓰기다. 사실 뭐 이 일도 언젠가 다른 일로 바뀔지도 모른다. 하지만 나이야 어떻든 도전할 수만 있다면 괜찮지 않을까.

아쉬운 일이 더 많은 20대를 마친다. 내 인생이라는 드라마는 이제 막 등장인물의 설명을 끝냈다. 지금부터는 이야기가 고조될 테니 더욱 재미있을 거라고 감히 예상해본다. 해피엔딩을 향한 나의 여정이 이제 막 시작됐다.